文字之美

陶樱 / 著

SPM 南方传媒 | 广东人民出版社
·广州·

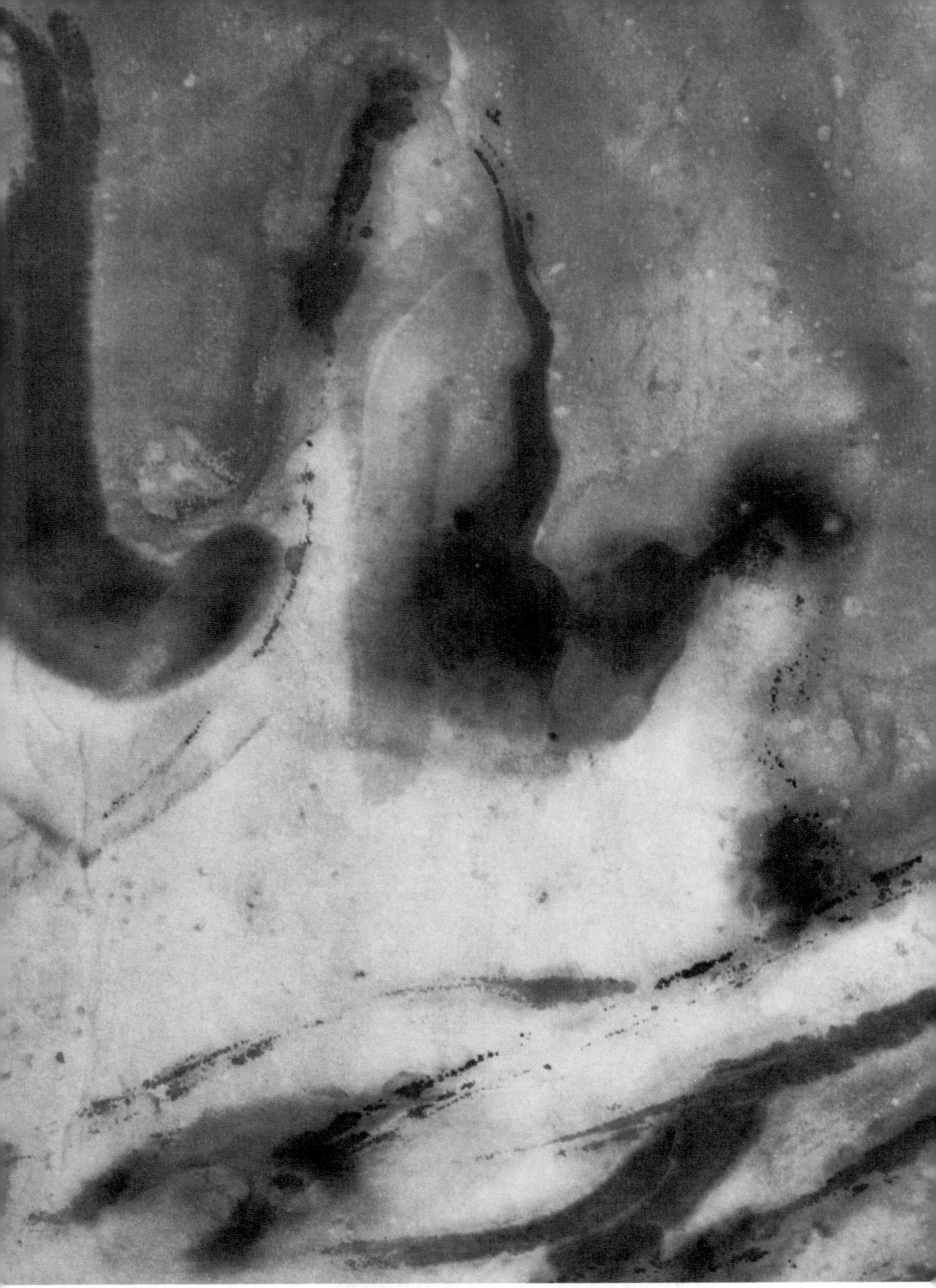

樱桃作品

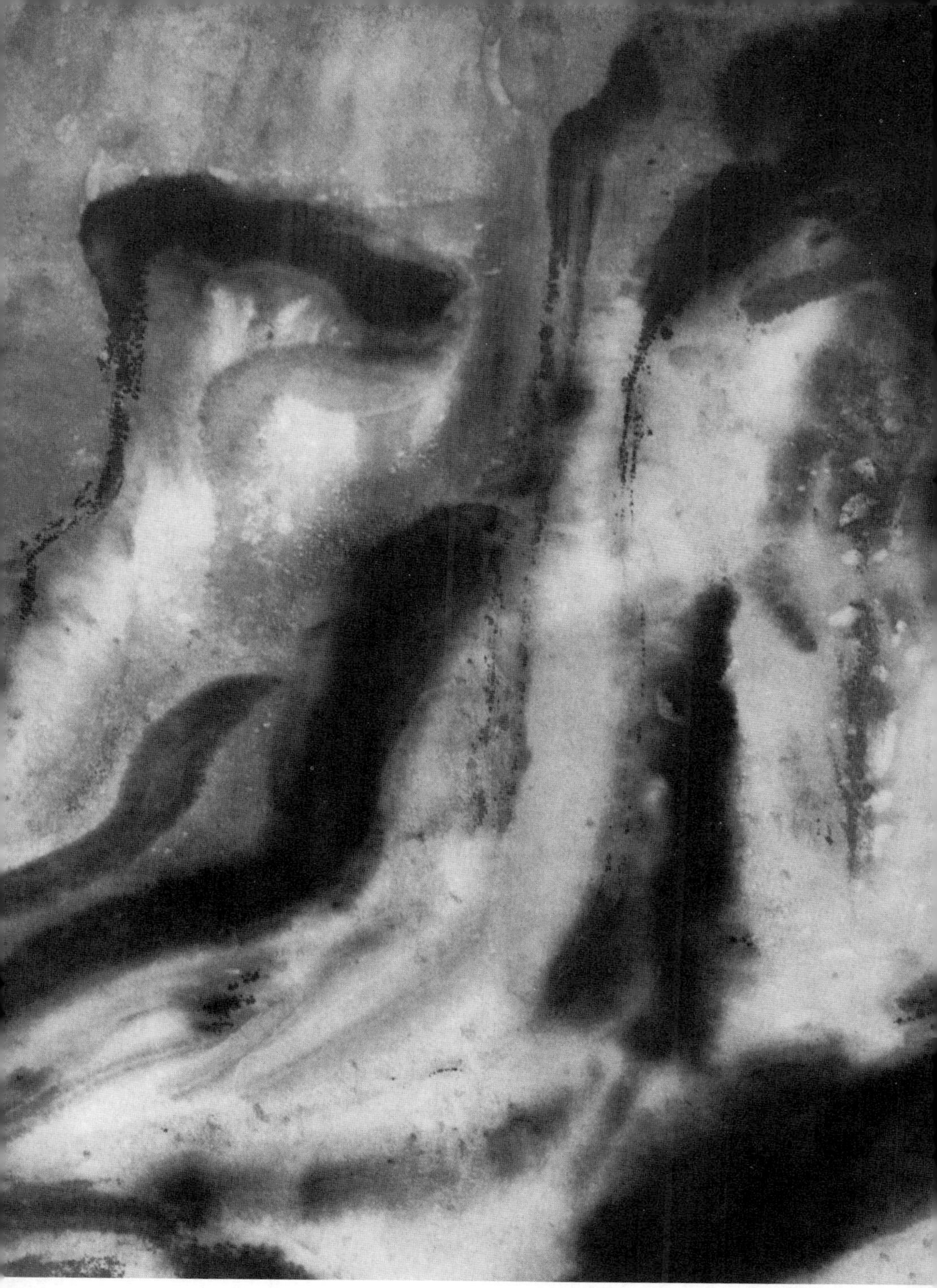

纸本设色《晴空万里　踏雪无痕》

那些爱过的文字

善良是开在春天枝丫上湿润的阳光

爱是唯一例证

——樱桃

● **作者介绍**

樱桃又名陶樱：诗人 \ 作家 \ 画家

● **著　作**

2018 年 10 月由西泠印社出版社出版《因为有了你》
2019 年 12 月由西泠印社出版社出版《我们都是追梦人》
2021 年 5 月由西泠印社出版社出版《灿烂人生》

● **主要研究方向**

艺术为人民系列，文化体验新旧，心理东西无间。湖湘文化研究，助力推进新时代湖湘区域经济文化发展。晋南北朝碑刻、书法，中国文化与欧洲文艺复兴的影响力共生。一带一路上唐代诗歌研究，积极应对数字化多元性社会研究。清明上河图补全版研究。生机蔓茂转型时代，学术与人才交流，图书馆和博物馆存在的意义。

● **作品展**

2018 年 6 月 30 日至 2018 年 7 月 5 日
广东省力诚艺术馆《西子墨韵》杭州西子画院十周年全国巡展
2019 年 5 月 16 日至 2019 年 5 月 21 日
杭州西泠印社美术馆《西子墨韵》中国画小品学术展
2019 年 9 月 8 日至 9 月 17 日
湖南省画院美术馆《无尽的爱》樱桃艺术作品展
2019 年 12 月 15 日至 2020 年元月 15 日
北京鸟巢文化中心《我们都是追梦人》樱桃艺术作品展
2021 年 5 月 25 日至 2021 年 5 月 30 日
杭州西泠印社美术馆《西子墨韵》中国画琴条学术作品展
2021 年 6 月 11 日至 2021 年 6 月 30 日
全国新华书店线上线下《灿烂人生》新书发布会暨樱桃艺术作品影像展
2022 年 1 月 22 日至 2022 年 12 月 22 日
参与湖南省乡村振兴红色题材文化振兴系列主题创作《攸州历史文化名人蔡槐庭故事》同时在攸洲文化中心举办主题故事作品展
2023 年 4 月 23 日至 2023 年 5 月 8 日
云冈美术馆《真容巨壮》中国画学术作品展。

樱桃自画像

21.05.2020

我用艺术的方式爱你

数百年旧家无非积德
第一件好事还是读书

C O N T E N T S

目录

从日常习惯着手。提前准备，拒绝拖延。面对海量信息，不断切换视角，删繁就简，为读书创造一种可能，善于反思，不断学习。以人文精神回应现实，每天坚持读书，读好书，用自己喜欢的方式，把你的人生过好。

让时间发生。愿你欣逢美好！

——樱桃艺术记忆

序章

F O R E W O R D

序章

加油

中国人在鼓励别人时总说“加油、加油”，为什么喊“加油”，不喊“加醋”或“加盐”什么的？

“加油”这个典故据说发生在清朝后期，贵州有一位姓张的县令，自己爱读书，同时对读书的人呵护有加。那时候，读书人晚上都是点桐油灯盏照明。每当夜幕降临的时候，他会带着自己的随从，打着灯笼，拖着桐油车，在大街小巷里挨家挨户巡查。经过老百姓家，发现有灯光，就会敲门，这户人家开门回应，就问夜深了为什么还不睡？这户人家回答，家中有儿郎正在挑灯夜读。于是，张县令就让随从提取油车里清亮的桐油，给这户人家的油灯续满。这个典故就从这里来了，这个张县令就是清朝名臣张之洞的爸爸张瑛。这一举动一坚持就是13年，不管天晴下雨，夜夜如此，从不间断。张瑛这样鼓励当地读书人用功读书的行为被后人广为称颂。读书要加油，是这样来的。

之前我也不知道这个典故。2021年7月大暑时节，在杭州与师友们小聚，聊到2022杭州亚运会延期，杭州亚运会主题口号“心心相融，@未来(heart to heart,@future)”，即心心相融，爱达未来。当时，周老师提起了文化自信，随后，他把张县令加油的这个典故给大家分享了。

当下，无论是读书求学、创业升职、考试比赛、合同项目等等社会活动，同学之间、同事之间、老师对学生、上级对下级、家长对子女、同道对同仁经常使用“加油”这两个字，仿佛整装待发，油箱加满油，飞得起、跑得快、干得好，信心满满，正能量满满。

百度百科上这样记录：2018年10月，中式英文add oil（加油）被《牛津英语词典》收录。

add oil 源自香港英文，是香港英文的说法（originally and chiefly Hong Kong English），用以表达鼓励、激励或支持（expressing encouragement, incitement or support），相当于英文的“go on!”或“go for it!”。

中式英文发扬变成了全世界的语言。2018年牛津英语词典公布收录add oil，这是地地道道中国人发明的英文。从当年清朝政府没落，香港离开祖国怀抱，到1997年香港回归祖国，如今我们国家逐渐强大，重新在世界上得到认可。这是中华民族得到世界尊重的标志性事件。

聊天时，周老师引用一句英文，寄语他热爱并为之奋斗的城市杭州，“If we really are serious about being Asia's World City, we still have a lot of work to do. So add oil, everyone.”（要想成为亚洲的世界级城市，如果我们真的是玩真的话，那么我们还有很多的工作要做。所以，各位加油！）

周老师还说，如果有一首歌名字叫*add oil*，作为19届杭州亚运会宣传主题歌之一广为传唱。当亚运会结束后，将这首歌*add oil*永久送给香港，会很有意义。“加油”这个词的文化脉络，有一个延伸、传承或者是发扬，中式英文发扬变成了全世界的语言，把全世界的语言运用到我们中国人举办的亚运盛会当中，这种历史意义在于，让香港和祖国携手共赴更加美好的未来！

价值

2022年7月的最后一天，7月31日14时，我准时来到杭州博物馆，承弥迪老师的美意，一起参观“丁丙与十九世纪的杭州”特展。

公元18世纪，当西欧工业革命爆发和资本主义兴起之时，中国仍在农耕时代徘徊，逐步被“边缘化”。地处东海之滨的杭州，也随着“千年未有之大变局”而命若浮萍。丁丙是晚清著名的藏书家，八千卷楼主人。他参与恢复杭州孔庙，兴建文澜阁，先后主持三次补抄《四库全书》，辑刊故籍，创办实业，重建与振兴，亲自主导过杭州社会自救和社会重建，兴创西湖风景名胜。在弥迪老师的详细解读下，我仿佛看到了一位190岁杭州人的自省与抉择。

展览分为“钱塘江上人”、“兴复旧湖山”和“遗泽满杭城”三个单元，着重展现19世纪后期以丁丙为代表的杭州士绅，在实业、教育、文化、慈善、城市等诸多领域的建设与变革，为中国现代化提供了一种可资参考的“杭州模式”。

一个人活着的时候为他生活的城市多做些力所能及有价值的事情，值得被后人铭记和尊重。这次展览系“潮起钱塘”城市文化系列的首展，由杭州博物馆〔杭州博物院（筹）〕主办，浙江省博物馆、浙江图书馆、杭州市文物遗产与历史建筑保护中心、宁波市天一阁博物院支持。展出藏品共计63套/件，包括信札、图卷、善本、铜器、丝织品、陶瓷、家具等诸多门类。八千卷楼主人丁丙与杭州的19世纪记忆不可或缺。今天的杭州人以一个深思熟虑的课题，作为纪念这位“190岁”的杭州人及其对杭州影响至今的伟大贡献。

博物馆现场人潮汹涌，因为是暑期档，有很多杭州中小学的孩子们。那天，站在《善与人同》的长卷旁，我看着孩子们一波又一波，忍不住会心地笑了起来，他们活力、好学，潜力无限，我相信杭州的明天会越来越美好。

使命

你身体里的每一粒原子，都来自一颗爆炸了的恒星。

形成你左手的原子，可能和形成你右手的，来自不同的恒星。

这是我所知的关于物理的、最有诗意的事情，

我们都是星尘。

——劳伦斯·克劳斯《一颗原子的时空之旅：从大爆炸到生命诞生的故事》

自从1969年7月20日，人类登月第一人、阿姆斯特朗踏上月球。“这是个人迈出的一小步，但却是人类历史上的一大步！”（That's one small step for (a) man, one giant leap for mankind.）阿姆斯特朗这句话已经成为全人类经典名言。

1977年8月20日，美国太空飞船旅行者2号飞向宇宙，飞船上面有一张镀金的铜唱片——《地球之音》，它即便过十亿年也仍铮亮如新。科学家们希望它有一天将能遇到地球以外的“人类”。这张唱片里收录了共计120分钟的音频，前30分钟主要是收录了有关地球、生命、人类的介绍信息。后面90分钟则收录了全世界各个地区具有代表性的27段音乐，其中就有中国管平湖先生演奏的古琴曲《流水》，《流水》收录时长7分钟仅次于贝多芬第五乐章。

“在月球遥望地球，我看不到任何国界，我觉得地球就是一个整体，我的整个思想也就开阔了。”——这是美国前宇航员尤金塞尔南登月后的心得体会。在人类进步、发展、繁荣、幸福的道路上，所有人都是一个整体，一荣俱荣，一损俱损。

随着神舟十三号载人飞船已完成全部既定任务。美国国家航空航天局NASA前女宇航员凯蒂·科尔曼一段旧视频，在网上成为热搜，被用来对中国女航天员王亚平致以祝福："当你看向窗外的星星，看见我们的地球，别忘了，数十亿女性也借着你的目光看向窗外。"王亚平从一位农村小女孩到两度飞天的航天英雄，从飞行员训练到航天员训练，她的努力、坚持没有白费，正因为如此，她才能从亿万中国人中脱颖而出。正如王亚平本人所说："梦想就像宇宙中的星辰，看似遥不可及，但只要你努力，总有一天你能触摸到它。作为年轻人，一定要敢于有梦、勇于追梦、勤于圆梦。"

一个人的专注力、忍耐力，正是在读万卷书、行万里路中慢慢提升的。有用的东西能帮助我们谋生，无用的东西能使我们终身快乐。相比起看短视频、刷热搜，读好书、写好字是回报率更高的自我快乐投资。

生活中我们收到大量的信息，我一直觉着这些信息是有气场的。我们手里的书，手机里使用的字体，还有地铁车站商品商标和商铺橱窗，以及电影海报和广告幕墙，无处不让我们体会文字的气质，体会文字的美。

在看文字的过程中，也能感受不一样的风景，把这个信息再转换到我们的生活当中应用，有些是技术方面的，有些是感情层面的，透过美学传达感受非凡能量，颜色搭配也好，字体搭配也好，那些让我们身心愉悦，感叹人间值得的瞬间，所有的核心点都会围绕着文化内核。譬如我们常穿的衣服和常用的水杯以及喜欢听的歌曲，它里面都或多或少隐藏着我们的审美哲学。

欧洲人文荟萃的十字路口，书香之国瑞士的设计强调多功能与再利用循环特质，国际主义设计风格成为了世界平面设计的典范。几个世纪以来，瑞士巴塞尔成为书籍印刷和人文主义的早期中心。尼采曾经在巴塞尔大学执教，巴塞尔大学图书馆是瑞士最大的图书馆，收藏了大量的文献，都是和文字有关的，这都是人类的文明。

从瑞士最美丽的书，人们可以发现瑞士人文美学素养承继了德国人的严谨以及法国人的典雅，包容且多元。我一直在想，中国的设计师能否打破严谨的排版，渐渐亲近珍惜一张张黑色厚重的碑文拓片，仿佛置身中华千年的时光隧道，体验中国书法千年不息的书卷气，时间之外，焕活之力，热情流畅地以创新的方式呈现给我们龙的传人，共感碑帖千年不朽的魅力所在，正大光明永久行为，开拓疆域方知未来之美，这也是我想传习中华文化自信的价值所在。希望有一天，我的书也在巴塞尔大学图书馆的书架上。要做的事是传递中华文化浓浓的生命力，一定是那种书卷气扑面而来的，而不是那种虚假的、塑料的和没有生命的商业体系。

每个人的人生使命不同，要做的事和承担的职责是不一样的。逍遥的庄子在《人间世》里写道，古代的智人，都是自己先站得住，然后再去扶持别人。反观当下，我们每个人请先做好自己。

人生事业特别重要。成功确实需要命运的机缘，好的机缘。其实是我们要做好自己，在一切已知之外，保留一个超越自己的机会。你可以把自己的事做好，每一种选择都和价值观一样，需求或者喜好，时间对每一个人都是公平的，论学习的自觉性，丈量高贵与庸常的，不仅仅是脚步，同时还有恒心。

当你优秀了，世界也变得优秀了。先天下之忧而忧，后天下之乐而乐，努力抛弃农业时代画地为牢的思维，真正成长为具有人类情怀的现代世界公民。

结庐在人境，春光无限好，正是学习时。

天色渐紫，启明正白。

我们每个人平凡且不平凡，不攀比不急于求成，选好自己的路，做自己的真心英雄，朝着对的方向，真诚地去行动吧！

女孩们，加油！

男孩们，加油！

那些爱过的文字

我们所要做的事，

应该一想到就做；

因为人的想法是会变化的，有多少舌头、多少手、多少意外，就会有多少犹豫、多少迟延。

出自威廉·莎士比亚《哈姆雷特》朱生豪译

——樱桃传习录笔记

第一篇章

起初

记得三岁启蒙时，爸爸除了教我背诵四书五经、唐诗宋词外，还让我练习书法。儿时的傍晚，书房橘黄色的台灯下，在爸爸的怀里，右手被爸爸大大的右手抓着练字，耳后是爸爸温暖的鼻息。从那时起就与水墨结下了不解之缘。

记得当时每天必练的八个字：正大光明，永久行为。中国人写中国字，讲究端正，一撇一捺一横一竖，无不蕴含着中华民族五千年的精气神。小时候很好玩，各种偷懒躲避爸爸布置的书法作业。为了求得爸爸的批改作业上的红圈，我会用宣纸蒙着字帖来描涂，好玩极了。后来，爸爸给我上了人生第一堂书法课，说书写是一个人的学养、才情和志气的写照。你写的每个字就和你自己一样，字如其人，见字如见人，见字如见面。从那以后，我提笔的时候多了一分用心。

我喜欢《赤壁赋》和《洛神赋》，这中间有一个承上启下的关键人是赵孟頫，刚开始在学习书法的时候临摹了这些文字。这么多年过去了，我还是很喜欢赵孟頫的字，除了他的《六体千字文》，还有他的《秋郊饮马图》。同时，也欣赏他夫人管道升的《我侬词》和《秋深帖》，才子佳人在杭州度过了人生最快乐的时光，这一段时光也是赵孟頫的创作黄金期。赵孟頫说，学书有二，一笔法，二字形，笔法弗精，虽善犹恶，字形弗妙，虽熟犹生，学书能解此，始可以语书也。

开始作为初学者，你可能读不进去这些文字，你只要照着写多了，就会觉得字美、意境也美。这两者的不同是：《洛神赋》是神话、唯美又有点魔幻；苏东坡的《赤壁赋》是叙事、写景又有点超脱，极其乐观。我最喜欢："惟江上之清风，与山间之明月，耳得之而为声，目遇之而成色，取之无禁，用之不竭。是造物者之无尽藏也，而吾与子之所共适。"惠风和畅，审美品位才是终极教养。

书是青山常乱叠，良言一句三冬暖。谨小慎微的努力结果也够得上宇宙理论的美名吗？夜晚抖音三听"意公子吟咏兰亭序集"灯下欣快记之。

命运给我们的如果不是甜蜜和顺遂，而是不公和坎坷，坦然接受、积极面对也是一种幸运。苏轼人生经历是坎坷磨难与豪放豁达，曹植和苏东坡有着相似的书卷气，他们有很相近的地方，旷达之处，文字之美感无与伦比。经历了一些境遇，阅历增长之后，我认为这些文字不是顺境当中的纨绔公子能写出来的。歌颂真善美，无论哪一种手法，共同点是没有界限的，容人之雅量，那些经年流传的文字和写下这些文字的人一样有重量，人类文明浩瀚星空里有他们的光芒。

奥斯卡·王尔德是19世纪末英国的作家和艺术家，被毁誉了近一个世纪之久。同时，他经常被人广为引用的语录："我们都在阴沟里，但仍有人仰望星空。"（We are all in the gutter, but some of us are looking at the stars.）王尔德是唯美主义和颓废派代表人物，他的《快乐王子及其他故事》和《道林·格雷的画像》在艺术史或者文学史都有重大的影响。同时，他1893年改编特别有名的悲剧，就是《莎乐美》，尤其是最后一个场景莎乐美亲吻约翰的头颅而死的情节，极具震撼力，成为许多人创作灵感的源泉。

你拥有青春的时候，就要感受它。不要虚掷你的黄金时代，不要去倾听枯燥乏味的东西，不要设法挽留无望的失败，不要把你的生命献给无知、平庸和低俗。这些都是我们时代病态的目标，虚假的理想。活着！把你宝贵的内在生命活出来。什么都别错过。

出自王尔德《道林·格雷的画像》孙法理 译

当代性其实是一个伪命题，好的艺术品是无古无今，又古又今的。我们就是活在当代的人，每个人都是独特的，每个人要好好活着，去做力所能及的事。要把你最独特、最擅长那一面做到极致，同时你要有眼界，如果你的视野是中国千年的历史，你的格局很高。也就是说如果你的格局是整个世界上所有好作品，你的视野就会更加开阔。

盲目从众是非常狭隘的。他们很多人不知道历史，只知道当代哪些人火，就跟着哪些人走，这种当代性真心很局限，显得非常狭隘。

我和你都是与众不同的。找到你喜欢的，感兴趣的知识点，坚持去学习。坚持多元思维，如果学习让你感到快乐，那就去做吧。

我希望你一直爱学习，
如果今天不爱，
没关系，还有明天……

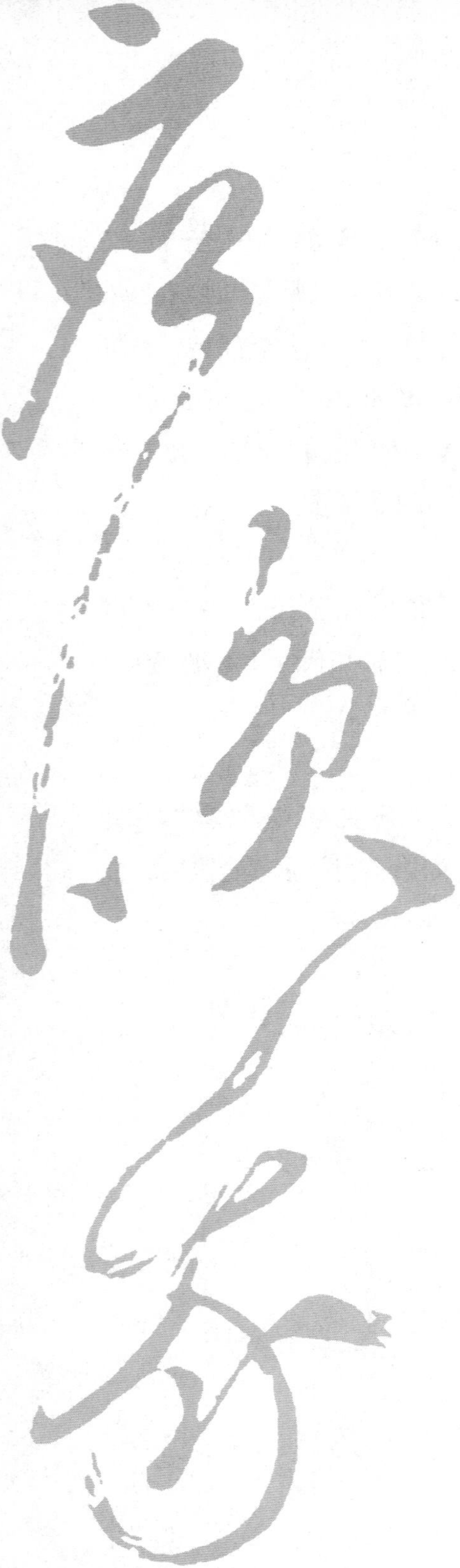

第二篇章

传习

传习一词，汉语词汇，拼音 chuán xí，指传授与学习。出自《论语 · 学而》：“吾日三省吾身：为人谋而不忠乎？与朋友交而不信乎？传不习乎？”

——樱桃传习录笔记

学习是终身的事。“吾道一以贯之”，这是孔子《论语·里仁》里写的话。孔子晚年的时候，他和学生曾参聊天：“我会好多东西，其实都是学来的，用一种态度来贯穿它的始终。”孔子说：曾参啊，我的思想可以用一种态度来贯穿它。曾参对其他弟子解释道，老师的思想无非忠恕罢了。每一个人对这句话的理解都不同，大家都仁者见仁，智者见智。传统文化内容丰富，知识浩瀚海洋，对于国学经典儒家文化的理解，莫过于对一些比较具有深刻意义和对社会有用的句子的理解，找寻一些能够帮助别人，帮助社会，使人们有启发的句子，是一个很好的传承传统文化的方法。

人之初，性本善。主话不是说人一生下来是善良的，而是人通过后天的学习和完善来成就自己的。孔子的学问是我们使知书达礼，通过学习，超越古人才是我们不变的追求。对这句话的理解也有助于我们对一些事情的认识，让我们知道事情是由一个道来贯穿和概括的，这样有助于我们学习和理解中华传统文化，丰富自己的文学知识结构，提高自己的审美力，逐步形成自己的价值观，与别人一同学习、传授、分享心得体悟。

汉字之美，美在意境，美在书法。一方面我们要读书学习，另外一方面还要刻意训练。对我们汉字本身的人，因为去看当下元宇宙时代，电子产品替代了传统的，所以要在那个字里行间去体会这种书法之美，然后你再转换到这个系统，一方面是感性的，我们要懂得像孩子一样，学习写字，需要大量的训练，书法、金石的构成我们要补课，中国传统文化不能被元宇宙边缘化。一方面是理性的，我们要像科学家一样严谨认真，学习传统，发扬传统，创新升级。我们要了解构成，对书法要有一番比较清晰的了解，知道书法背后的文化传统和知识，比如说：书法是怎么发展的，中间有哪些关键人物，有哪些重要作品，然后有哪些特点，他们之间是什么关系，三画为什么在我国书法史上至关重要，这些东西都需要了解背后的关系。

忆起五月重读王水照先生选注的《苏轼选集》，前言写得真是好，大人者，不失赤子之心。当我写这些文字时，它倾注我对这些诗词的迷恋与理解，以及联想自己求学路上的感悟，并且分享和传习给大家。疲惫的人生不能没有诗意，愿你我的心宽广如宇宙。

醉

第三篇章

心画

日拱一卒功不唐捐
这辆战车朴素无华
却载着人类的灵魂
时间扑面而来
我们与世界和解
心在哪儿宇宙就在哪儿

——樱桃传习录笔记

万象齐来，书之心画。书法是一门中国哲学艺术。学好书法必须坚持刻苦练习，坚持持之以恒。除了有决心有信心以外，随着时间的推移，不断的积累，知识面扩大，自己的艺术文化素质和修养有了提高，这样对学好书法也是有作用的，学书法虽然没有什么捷径，但一些有用的技巧还是能帮助我们快速学好书法的，和大家分享一些实用的技巧，希望能对你的书法学习有所帮助。

书法是可以自学的。自学书法时，应当给自己定一个小小的、短期的或者长期的学习目标。就短期的目标来讲，可以先学一些简单实用的字体。怎样学好书法，学习书法应当避免的问题及其学习方法。这个作为短期目标，就是不要急着去临帖或下笔写字。当自己对书法有一定的认知后，再去考虑中长期的学习目标。中长期的学习目标是要选帖和临帖。选对帖很重要，它影响你的兴趣爱好和能否坚持下来的问题。

其实写字不要太“认真”了，偶有异趣。一天的时间是有限的，如果没有足够的时间来思考和沉淀，人就会迷失在碎片式娱乐里。正如罗曼·罗兰所说的，“要追求永远超过狭小生活圈子之外的更有用的东西”，我们考虑的，不仅仅是学习、工作和生活本身。

如果生命不用来做在生活里有价值的事情，就不会有生活的意义，生活的意义取决于一个人做什么样的事情。

被唐太宗评价为“飞鸟依人”的楷书书法家褚遂良，性格十分刚直，因反对武则天称帝，仕途大起大落，没有逃脱悲惨厄运，他晚年客死爱卅（今越南清化）刺史任上，令人唏嘘。集大成之作《大字阴符经》其中用笔十分大胆，起笔落笔，提按顿挫的细节都非常明显，方笔与圆笔兼有，露锋与圆锋皆备。《雁塔圣教序》褚遂良笔笔精妙，力透纸背，字里金生，温雅清丽，在笔法上的创新，也是他在结构上的一个突破，后世称为“唐之广大教化主”，与“书圣”王羲之平分秋色。假如某一天，你在书房临褚遂良的帖，临到他骂武则天的那一段，且停下来，焚一缕沉香，听一曲《阳关三叠》。

现实很硬，动不如静，语不如默。痛而不语，笑而不言，书法的、艺术的、梦想可以软化它。

每个人都有困难的时候
如果坚持下来了
平凡也会变成不平凡
只要每一天努力过
人生就不会遗憾
不是吗？

第四篇章

笔迹

笔迹家雅曼把笔迹学研究的成果分为七个大类：

1. 书写的压力反映了人精神和肉体的能量。

2. 笔画结构方式代表了书写人面对外部世界的态度。

3. 书写的大小是自我意识的反映。

4. 连笔程度反映了思维与行为的协调性。

5. 字和字行的方向是人自主性及社会关系的反映。

6. 书写速度与人理解力的快慢有关。

7. 整篇文字的布局反映书写人面对外部世界的态度与占有方式。

——樱桃传习录笔记

苏黎士大学的教授马克普尔弗对笔迹学研究也做出了较大的贡献，他将克拉格斯的笔迹学体系引入心理分析领域时，发现弗洛依德的人格结构理论中的概念类同于笔迹的上、中、下三部分。笔迹中的上、中、下分别代表着超我、自我和本我，上部属于精神和智慧，中间属于心灵，下部则属于直觉和物质主义。

笔迹即心迹。中国书法艺术本体包括笔法、字法、构法、章法、墨法、笔势等内容。书法笔法是其技法的核心内容。笔法也称“用笔”，指运笔用锋的方法。字法，也称“结字”、“结构”，指字内点画的搭配、穿插、呼应、避就等关系。章法，也称“布白”，指一幅字的整体布局，包括字间关系、行间关系的处理。墨法，是用墨之法，指墨的浓、淡、干、枯、湿的处理。

中国书法的五种主要书体，篆书体（包含大篆、小篆）、隶书体（包含古隶、今隶）、楷书体（包含魏碑、正楷），行书体（包含行楷、行草），草书体（包含章草、小草、大草、标准草书）。

书法因此而分为五种：篆书、隶书、楷书、行书、草书。

篆书

篆书是大篆、小篆的统称。甲骨文，距今已有三千年历史，是传世最早的可识文字，主要用于占卜。笔法瘦劲挺拔，直线较多。起笔有方笔、圆笔，也有尖笔，手笔“悬针”较多。大篆指金文、籀文、六国文字，它们保存着古代象形文字的明显特点。小篆也称“秦篆”，是秦国的通用文字，大篆的简化字体，其特点是形体均匀齐整、字体较籀文容易书写。

隶书

隶书，亦称汉隶，是汉字中常见的一种庄重的字体，书写效果略微宽扁，横画长而直画短，呈长方形状，讲究“蚕头燕尾”、“一波三折”。隶书起源于秦朝，由程邈整理而成，在东汉时期达到顶峰，对后世书法有不可小觑的影响，书法界有“汉隶唐楷”之称。如《汉鲁相韩勑造孔庙礼器碑》、又称《韩明府孔子庙碑》《鲁相韩勑复颜氏繇发碑》、《韩勑碑》等。汉永寿二年（156 年）刻，隶书。纵 227.2 厘米，横 102.4 厘米。藏山东曲阜孔庙。无额。四面刻，均为隶书。碑阳十六行，行三十六字，文后有韩勑等九人题名。碑阴及两侧皆题名。

楷书

楷书也叫正楷、真书、正书。从程邈创立的隶书逐渐演变而来，更趋简化，横平竖直。楷书有楷模的意思，张怀瓘在《书断》中已先谈到过。六朝人仍习惯用它，例如羊欣《采》文，王僧虔在《论书·韦诞传》中说："诞字仲将，京兆人，善楷书。"那是"八分楷法"的简称。到北宋才以之代替了正书之名，其内容显然和古称是不一样的，名异实同和名同实异之例，大概有以上这些。

行书

行书是在隶书的基础上发展起源的，介于楷书、草书之间的一种字体，是为了弥补楷书的书写速度太慢和草书的难于辨认而产生的。“行”是“行走”的意思，因此它不像草书那样潦草，也不像楷书那样端正。实质上它是楷书的草化或草书的楷化。楷法多于草法的叫“行楷”，草法多于楷法的叫“行草”。

草书

草书是汉字的一种字体，特点是结构简省、笔画连绵。形成于汉代，是为了书写简便。草书是在隶书基础上演变出来的。有章草、今草、狂草之分，在狂乱中给人们优美感。《说文解字》中说："汉兴有草书。"草书始于汉初，其特点是：存字之梗概，损隶之规矩，纵任奔逸，赴速急就，因草创之意，谓之草书。

第五篇章

精微

致广大而尽精微
当你优秀了
世界也变优秀了
我们都能与美好不期而遇

——樱桃传习录笔记

【碑拓】此乃拓片数量最多部分，涉及历代名碑，是如今书法临摹的主要参照。字帖是供学习书法的人临摹的范本，多为名家墨迹的石刻拓本、木刻印本或影印本。字帖按是否真迹划分，可以分为碑帖和墨迹。碑帖是根据刻在碑石上的字迹捶拓下来的字帖。墨迹是书写者直接写在纸张、绢帛等媒介物上的墨色痕迹。历代刻帖：如《淳化阁帖》《三希堂》等。

接下来分享我在曲阜孔庙收集的部分碑文拓片和中国书法经典作品翻刻拓片，抛砖引玉。

东汉《孔宙碑》（翻刻）

全称《有汉泰山都尉孔君之碑》，东汉延熹七年（164）七月立于鲁县孔庙（今山东曲阜）。

书风属方整秀润一路，与《史晨》《乙瑛》《华岳庙》诸碑相近。

结字中宫绵密，左右开张，横画甚长，波磔分明，用笔圆转遒丽，有篆书意味，书势婉秀端谨，是汉隶中以韵制胜者。

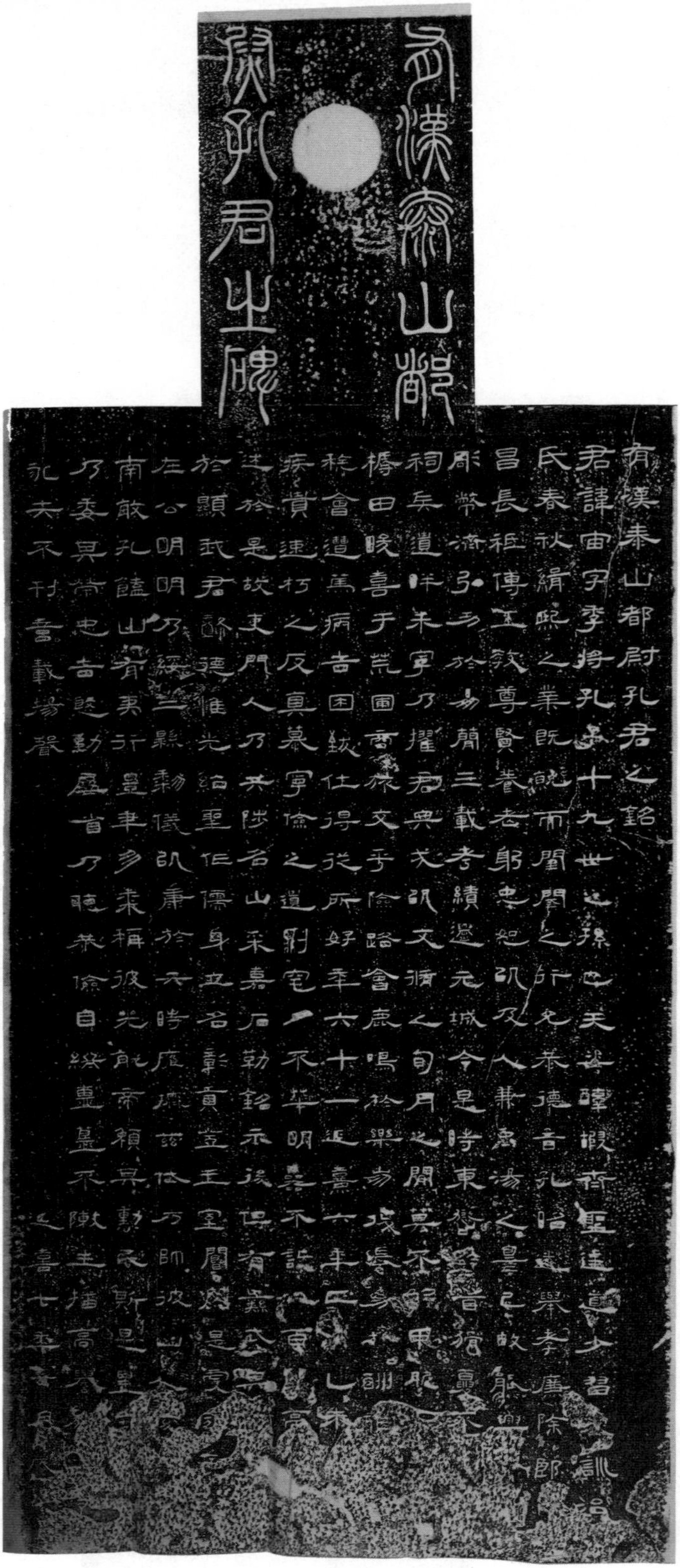

东汉《孔宙碑》

有漢泰山都尉孔君之銘

君諱宙字季將孔子十九世之

氏春秋緯熙之業既就而闡闢

昌長祗傳五教尊賢養老躬忠

彫幣濟弘功於易簡三載考績

祠兵遺畔未寧乃擢君典戎以

橋田畯喜于荒圃商旅交乎險

孫也天姿醇嘏齊聖達道少習
之行允恭德音孔昭遂舉孝廉
恕以及人兼禹湯之辠己故般
遷元城令是時東嶽黔首猾夏
文循之旬月之閒莫不解甲服
路會鹿鳴於樂崩復長鳥[illegible]酬
好年六十一延熹六年正[illegible]一

稽會遭篤病告困致仕得從所
疾貴速朽之反眞慕寧儉之遺
述於是故吏門人乃共陟名山
於顯武君懿德惟光紹聖作儒
左公明明乃綏二縣黎儀以康
南畝孔饁山有夷行豐年多黍
乃委其榮忠告殷勤屢省乃聽

財宅人不華明暑不誤
采嘉石勒銘示後但有纂公奐
身立名彰貴苐王室闡濟是曼
於天時雁擴茲仕石師彼四
稱彼光能帝類其勳之斯是
兼倫自終盡墓不陳主播高譽
之喜七年

公

喜

人 真

君尊

东汉《张迁碑》（翻刻）

《张迁碑》又名《张迁表颂》，全称《汉故穀城长荡阴令张君表颂》，是东汉晚期佚名书法家书丹，石工孙兴刻石而成的隶书书法作品。此碑于东汉中平三年（186年）刻立，明代初年出土，现收藏于山东泰山岱庙碑廊。

《张迁碑》篆额题“汉故穀城长荡阴令张君表颂”12字，额字独呈扁形，书意在篆隶之间；碑阳正文15行，行42字，共567字；碑阴3列，上2列19行，下列3行碑文。此碑是谷城故吏韦萌等为追念张迁之功德而立，铭文着重宣扬张迁及其祖先张仲、张良、张释之和张骞的功绩，并涉及黄巾起义军的有关情节，具有很高的史料价值。

《张迁碑》是东汉隶书成熟时期的作品，书法造诣高。此碑自出土以来，为历代金石、书法家所推崇。在众多的汉代碑刻中，此碑以古朴、厚重、典雅取胜，字里行间流露出率真之意，具有民间朴质之风，格调峻实稳重，堪称神品。它起笔方折宽厚，转角方圆兼备，运笔遒劲而曲折有力，落笔稳健，可谓是汉隶方笔系统的代表作。

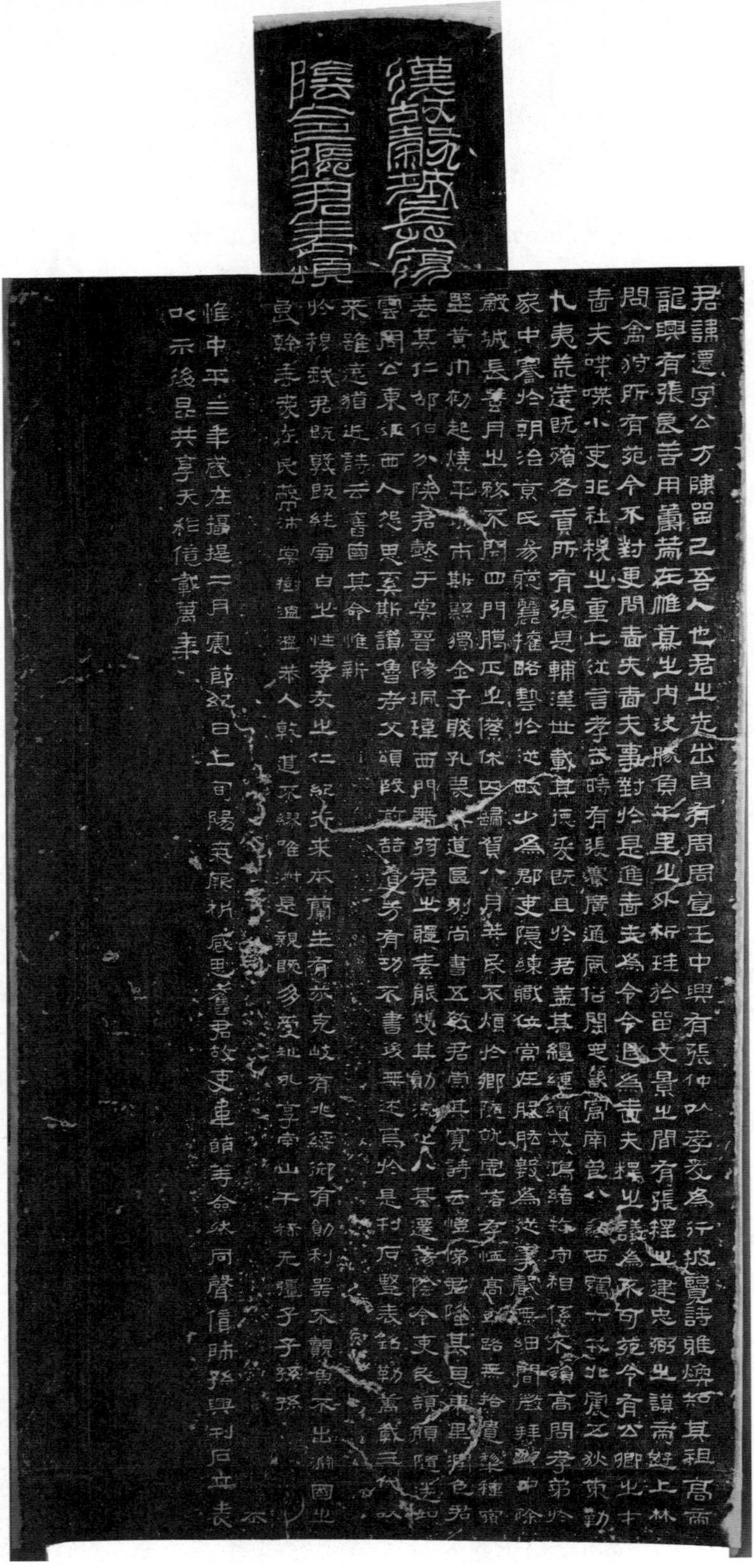

漢故穀城長蕩陰令張君表頌

君諱遷字公方陳留己吾人也君之先出自有周周宣王中興有張仲以孝友為行披覽詩雅煥知其祖高帝
龍興有張良善用籌策在帷幕之內決勝負千里之外析珪於留文景之間有張釋之建忠弼之謨帝游上林
問禽狩所有苑令不對更問嗇夫嗇夫事對於是進嗇夫為令令退為嗇夫釋之議為不可苑令有公卿之才
嗇夫喋喋小吏非社稷之重上從言孝武時有張騫廣通風俗開定畿寓南苞八蠻西羈六戎北震五狄東勤
九夷荒遠既殯各貢所有張是輔漢世載其德爰既且於君蓋其繵縺纘戎鴻緒牧守相係不殞高問孝弟於
家中謇於朝治京氏易聰麗權略藝於從政少為郡吏隱練職位常在股肱數為從事聲無細聞徵拜郎中除
穀城長蠶月之務不閉四門臘正之祭休囚歸賀八月筭民不煩於鄉隨就虛落存恤高年路無拾遺犁種宿
野黃巾初起燒平城市斯縣獨全子賤孔蔑其道區別尚書五教君崇其寬詩云愷悌君隆其恩東里潤色君
垂其仁邵伯分陝君懿于棠晉陽珮瑋西門帶弦君之體素能雙其勛流化八基遷蕩陰令吏民頡頏隨送如
雲周公東征西人怨思奚斯讚魯考父頌殷前喆遺芳有功不書後無述焉於是刊石豎表銘勒萬載三代以
來雖遠猶近詩云舊國其命惟新
於穆我君既敦既純雪白之性孝友之仁紀行來本蘭生有芬克岐有兆綏御有勛利器不覿魚不出淵國之
良幹垂愛在民蔽沛棠樹溫溫恭人乾道不繆唯淑是親既多受祉永享南山千祿無疆子子孫孫
惟中平三年歲在攝提二月震節紀日上旬陽氣厥析感思舊君故吏韋萌等僉然同聲賃師孫興刊石立表
以示後昆共享天祚億載萬年

东汉《张迁碑》

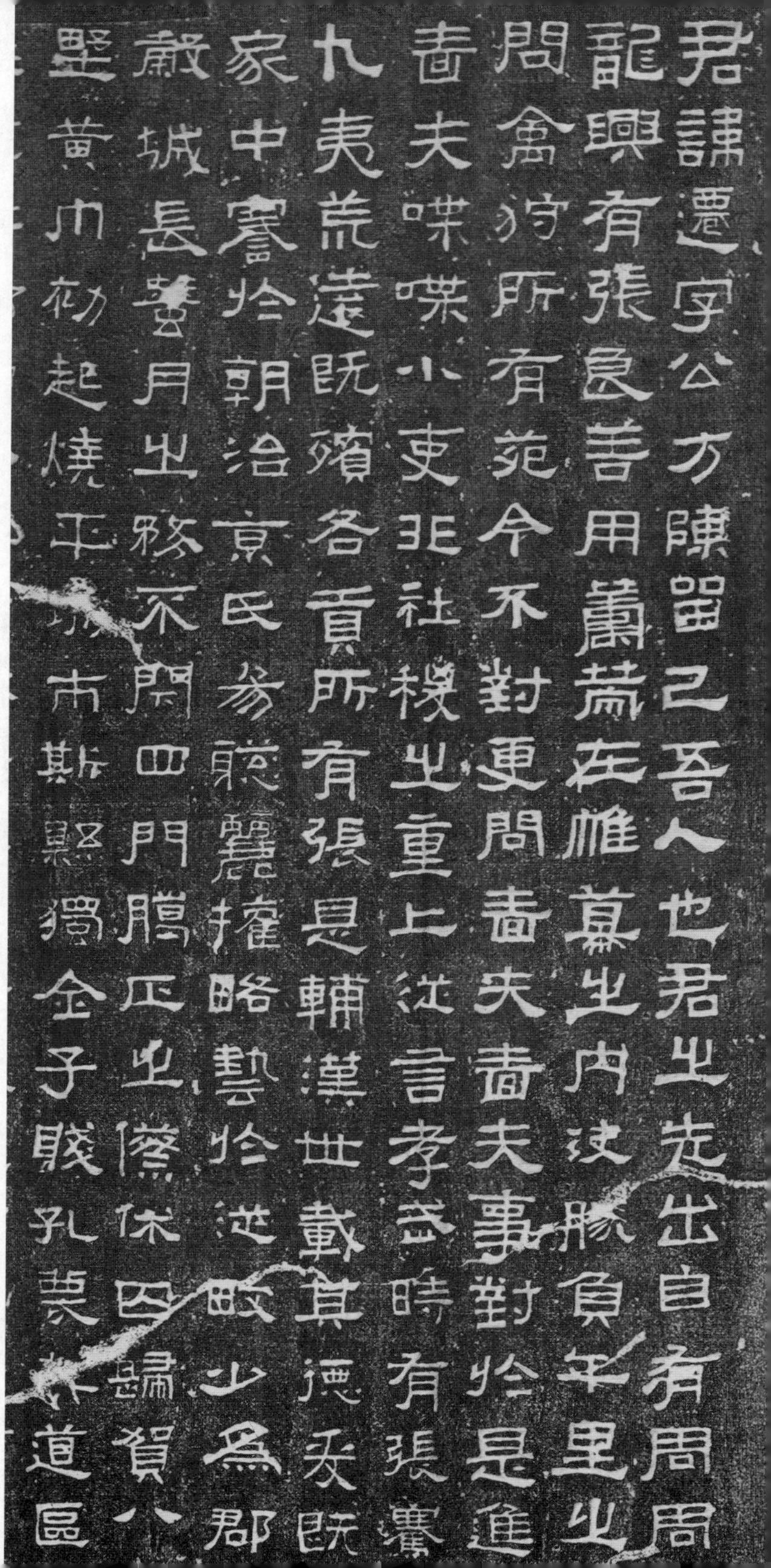
君諱遷字公方陳留己吾人也君之先出自有周周
龍興有張良善用籌策在帷幕之内決勝負千里之
問禽狩所有苑令不對更問嗇夫嗇夫事對於是進
嗇夫喋喋小吏非社稷之重上從言孝武時有張騫
九夷荒遠既殯各貢所有張是輔漢世載其德爰既
家中謇於朝治京氏易聰麗權略藝於從畋少為郡
穀城長蠶月之務不閉四門臘正之僚休囚歸賀八
野黃巾初起燒平城市斯縣獨全子賤孔蔑其道區

东汉《张迁碑》局部

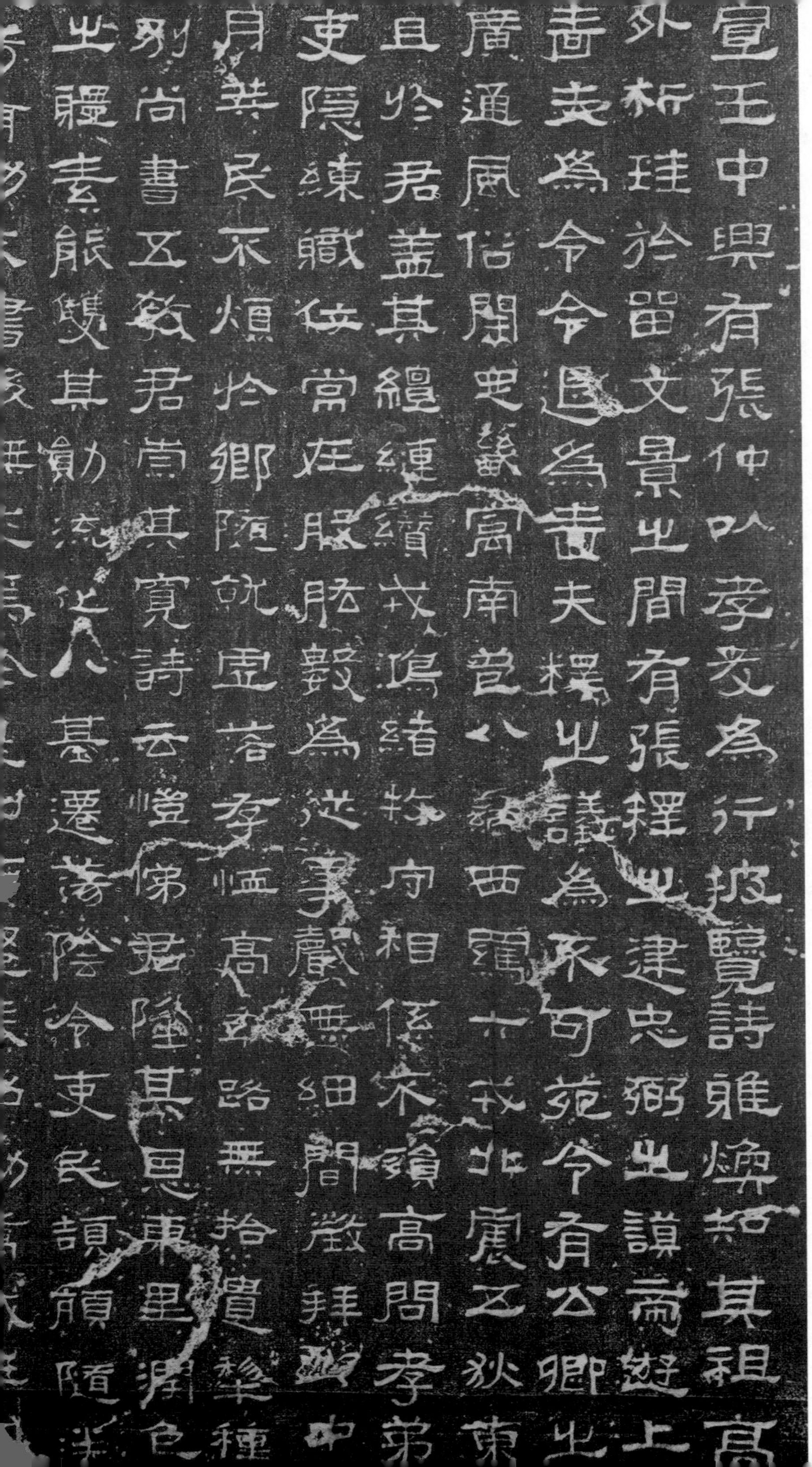
宣王中興有張仲以孝友為行披覽詩雅煥知其祖高
外析珪於留文景之間有張釋之建忠弼之謨帝遊上
嗇夫為令令退為嗇夫釋之議為不可苑令有公卿之
廣通風俗開定畿寓南苞八蠻西羈六戎北震五狄東
且於君蓋其繣縺續戎鳩緒牧守相係不殞高問孝弟
吏隱練職位常在股肱數為從事聲無細聞徵拜郎中
月筭民不煩於鄉隨就虛落存恤高年路無拾遺犁種
別尚書五教君崇其寬詩云愷悌君隆其恩東里潤色
之禮其能雙其勤流化八基遷蕩陰令吏民頡頏隨送

东汉《张迁碑》局部

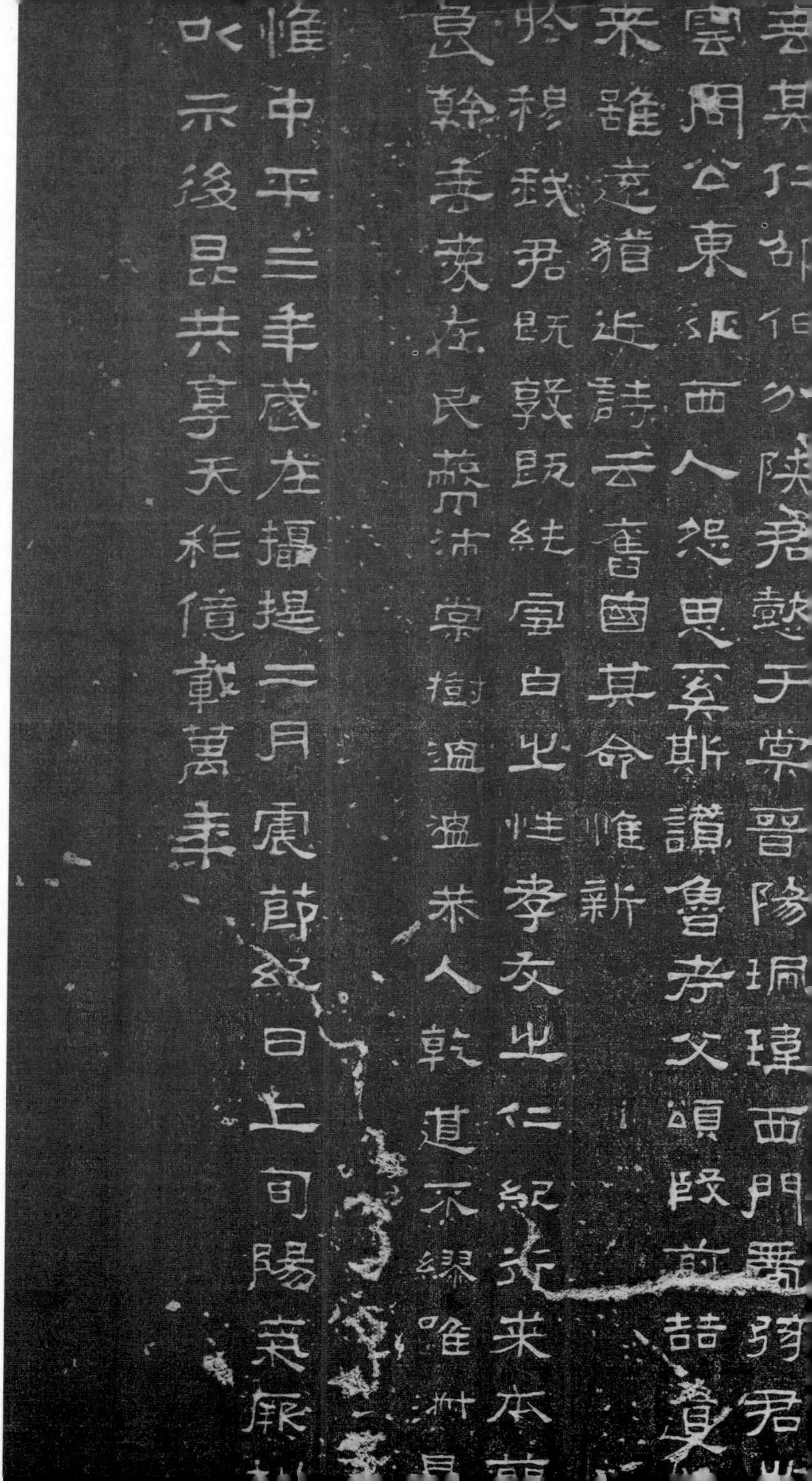
其仁邵伯分陜君懿于棠晉陽珮瑋西門帶弦君
雲周公東征西人怨思奚斯讚魯考父頌殷前喆
來雖遠猶近詩云舊國其命惟新
於穆我君既敦既純雪白之性孝友之仁紀行來本
幹垂愛在民蔽沛棠樹溫溫恭人乾
惟中平三年歲在攝提二月震節紀日上旬陽氣厥
以示後昆共享天秩億載萬年
东汉《张迁碑》局部

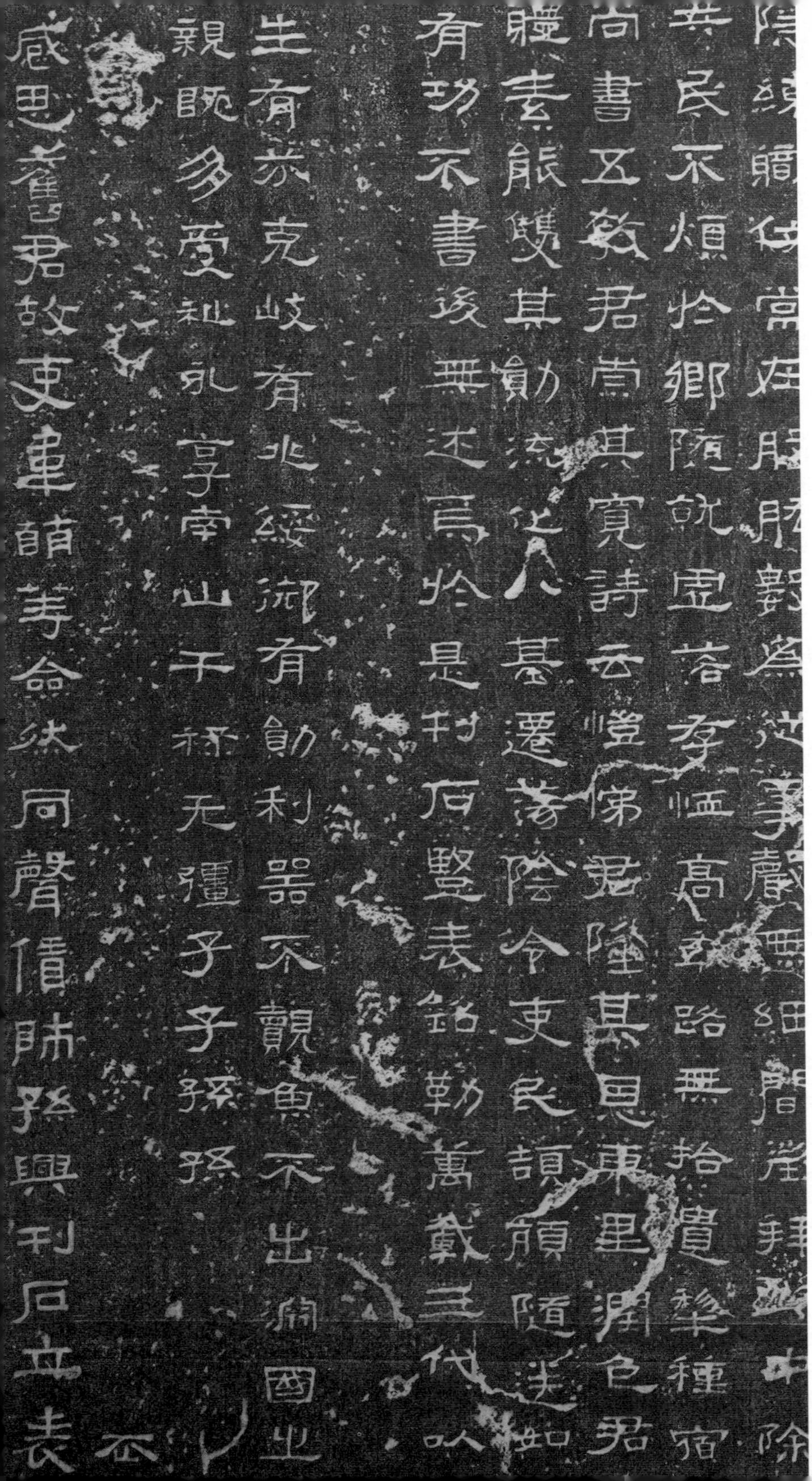
隱練職位常在股肱數為從事聲無細聞徵拜郎中除
民不煩於鄉隨就虛落存恤高年路無拾遺犂種宿
尚書五教君崇其寬詩云愷悌君隆其恩東里潤色君
軆素能雙其勳流化八基遷蕩陰令吏民頡頏隨送如
有功不書後無述焉於是刊石豎表銘勒萬載三代以
生有芬克岐有兆綏御有勳利器不覿魚不出淵國之
親既多受祉永享南山千祿無疆子子孫孫
感思舊君故吏韋萌等僉然同聲賃師孫興刊石立表

东汉《张迁碑》局部

高出

詩

功不書

东汉《礼器碑》（翻刻）

《礼器碑》是刊刻于东汉永寿二年（156年）的一方碑刻，又称“韩明府孔子庙碑”等，无撰书人姓名，属隶书书法作品，现存于曲阜汉魏碑刻陈列馆。

《礼器碑》为圆首碑，碑身高173厘米，宽78.5厘米，厚20厘米。碑文记述了鲁相韩敕优免孔子舅族颜氏和妻族亓官氏邑中繇发、造作孔庙礼器、修饰孔子宅庙、制作两车的功绩。碑阳末3行及碑阴、两侧刻有104人姓名及捐款钱数，与《乙瑛碑》《史晨碑》合称孔庙三碑。书法上，其笔画瘦劲且有轻重变化，结体紧密又有开张舒展，捺角粗壮斜行，长波尾部尖挑，风格质朴淳厚，是东汉隶书的典型代表，书法价值很高，历来被金石家、书法家奉为隶书楷模。

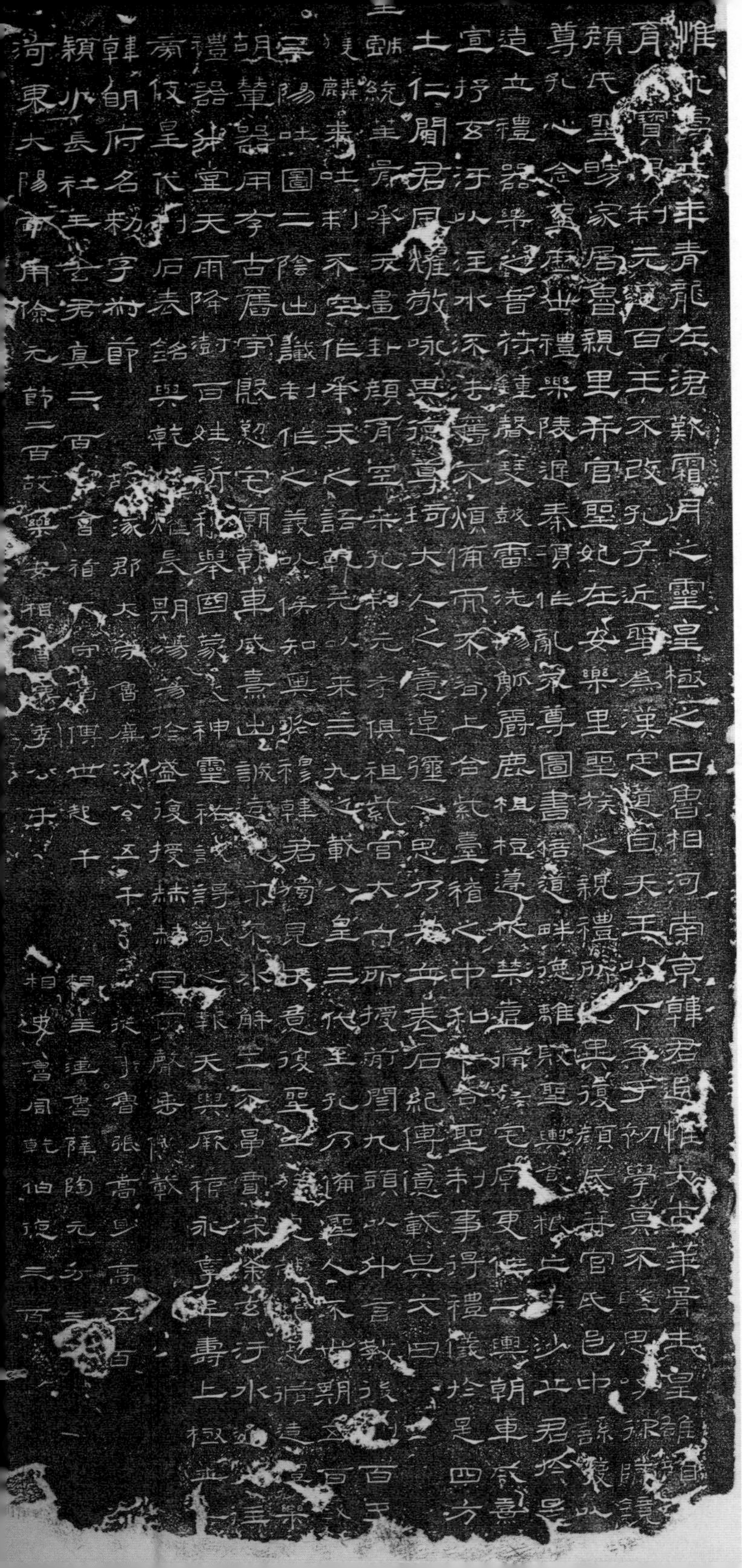

东汉《礼器碑》碑阳

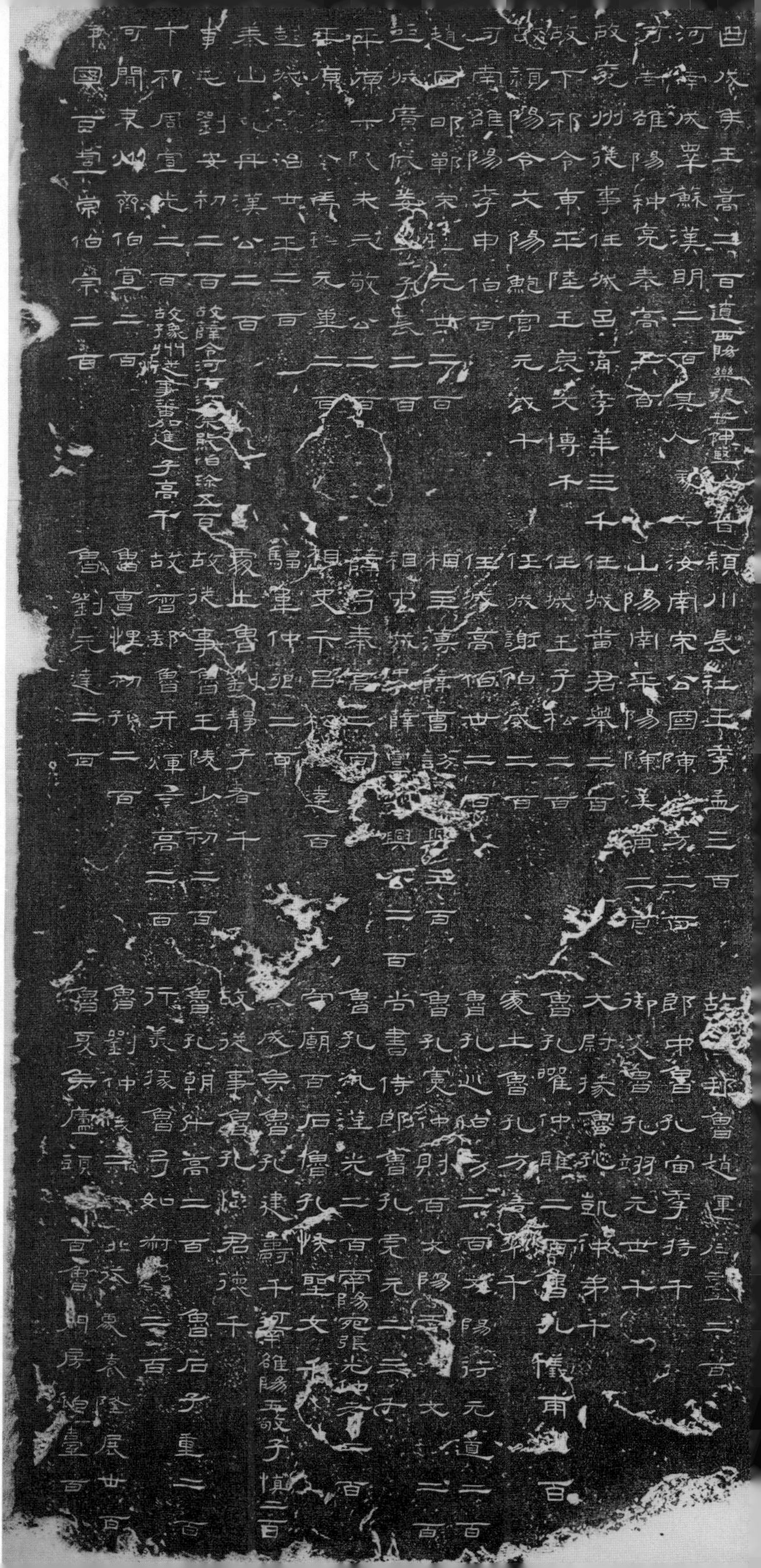

东汉《礼器碑》碑阴

东汉《礼器碑》两侧

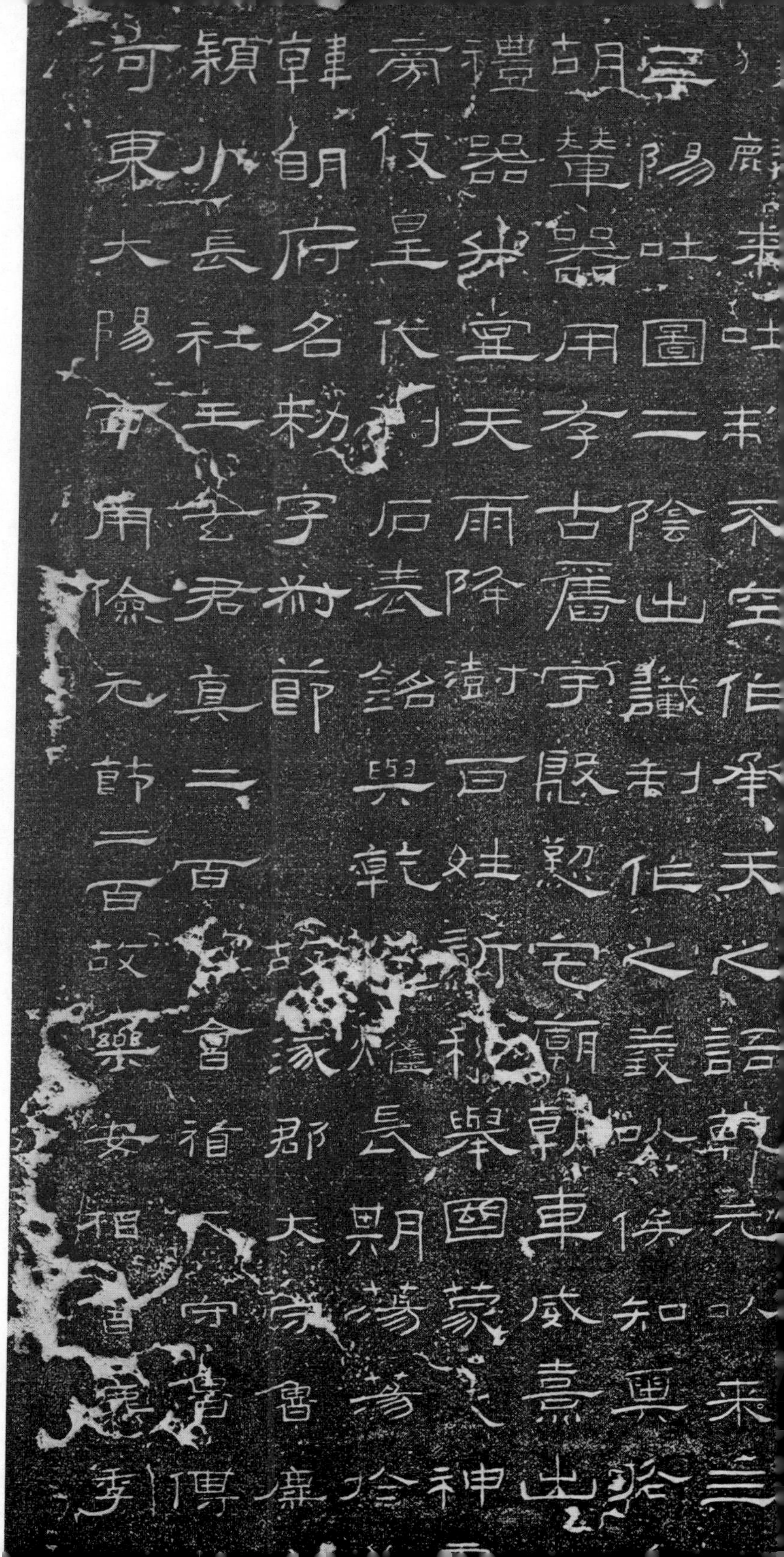
麟來吐制不空作承天之語乾元以來三
宗陽吐圖二陰出讖制作之義以俟知奧於
胡輦器用考古舊宇殷懃宅廟朝車威熹出
禮器升堂天雨降澍百姓訢和舉國蒙慶神
旁伎皇代刊石表銘與乾長期蕩蕩於
韓明府名勑字叔節故涿郡大守魯麃
潁川長社王季君真二百會稽守傅
河東大陽西門儉元節二百故樂安相魯麃季

东汉《礼器碑》碑阳局部

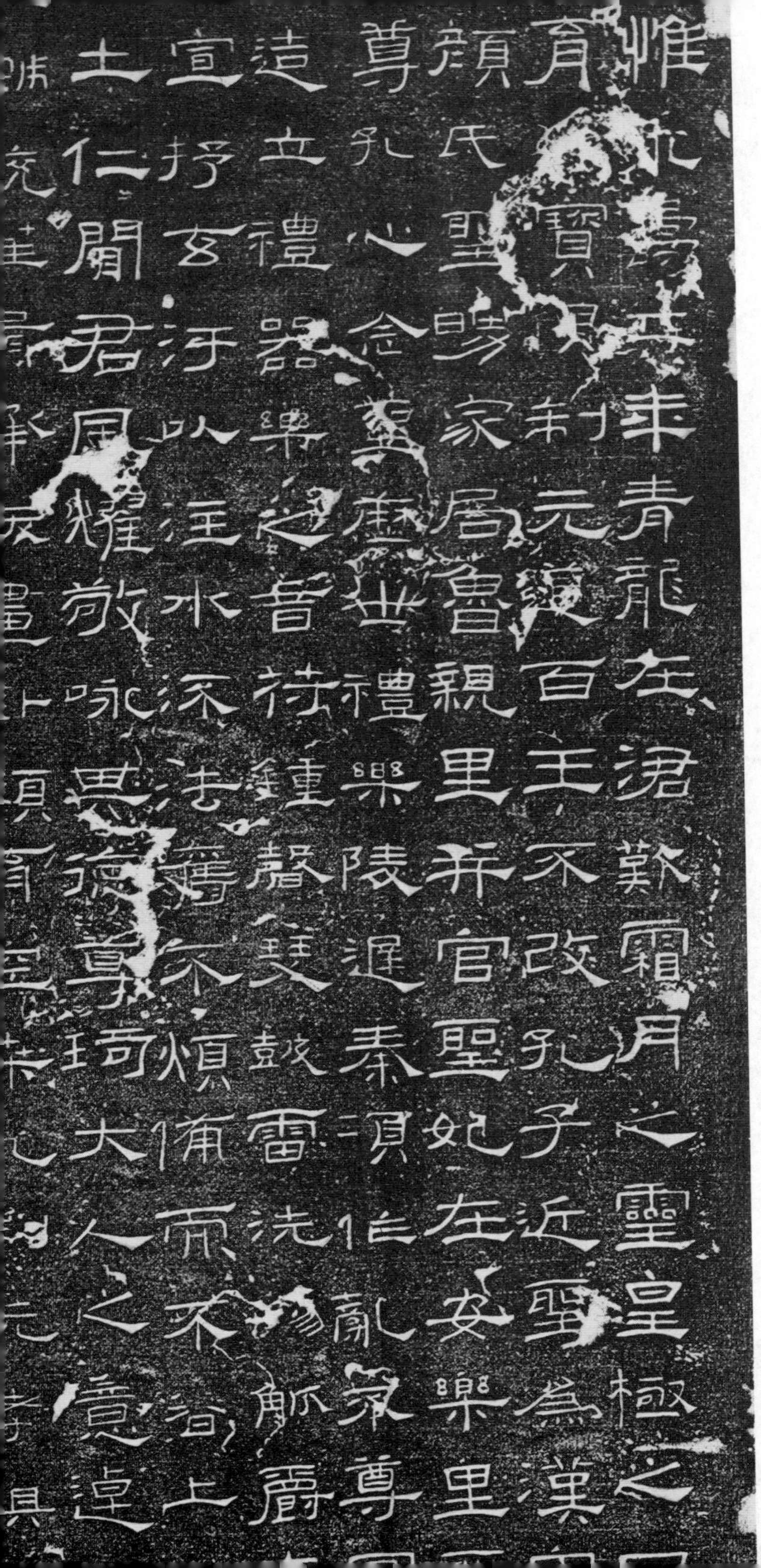
惟永壽二年青龍在涒歎霜月之靈皇極之
育孔寶俱制元道百王不改孔子近聖為漢
顏氏聖舅家居魯親里并官聖妃在安樂里
尊孔心念聖歷世禮樂陵遲秦項作亂不尊
造立禮器樂之音符鍾磬瑟鼓雷洗觴觚爵
宣抒玄汙以注水流法舊不煩備而不奢上
士仁閒君風耀敬咏其德尊琦大人之意逴

东汉《礼器碑》碑阳局部

东汉《礼器碑》碑阳局部

故豫州□事雷进子高千 故薛令河□□□伯徐五百 故□□事魯□王静二

故□□郡初□子豫开 故□□事魯王□□ 期□騆軍史□□仲□子昌□ 袁□止魯劉靜二 薛寫□□泰□□官□

十和周宣商□二百宣二百 事□□刘安初汉二公二百 秦山□丹初二公二百 平原□沽□世□元□ 未□元敬□公二二百

可阙东州□□ 国□□崇伯崇二百 弟□□□崇伯崇二

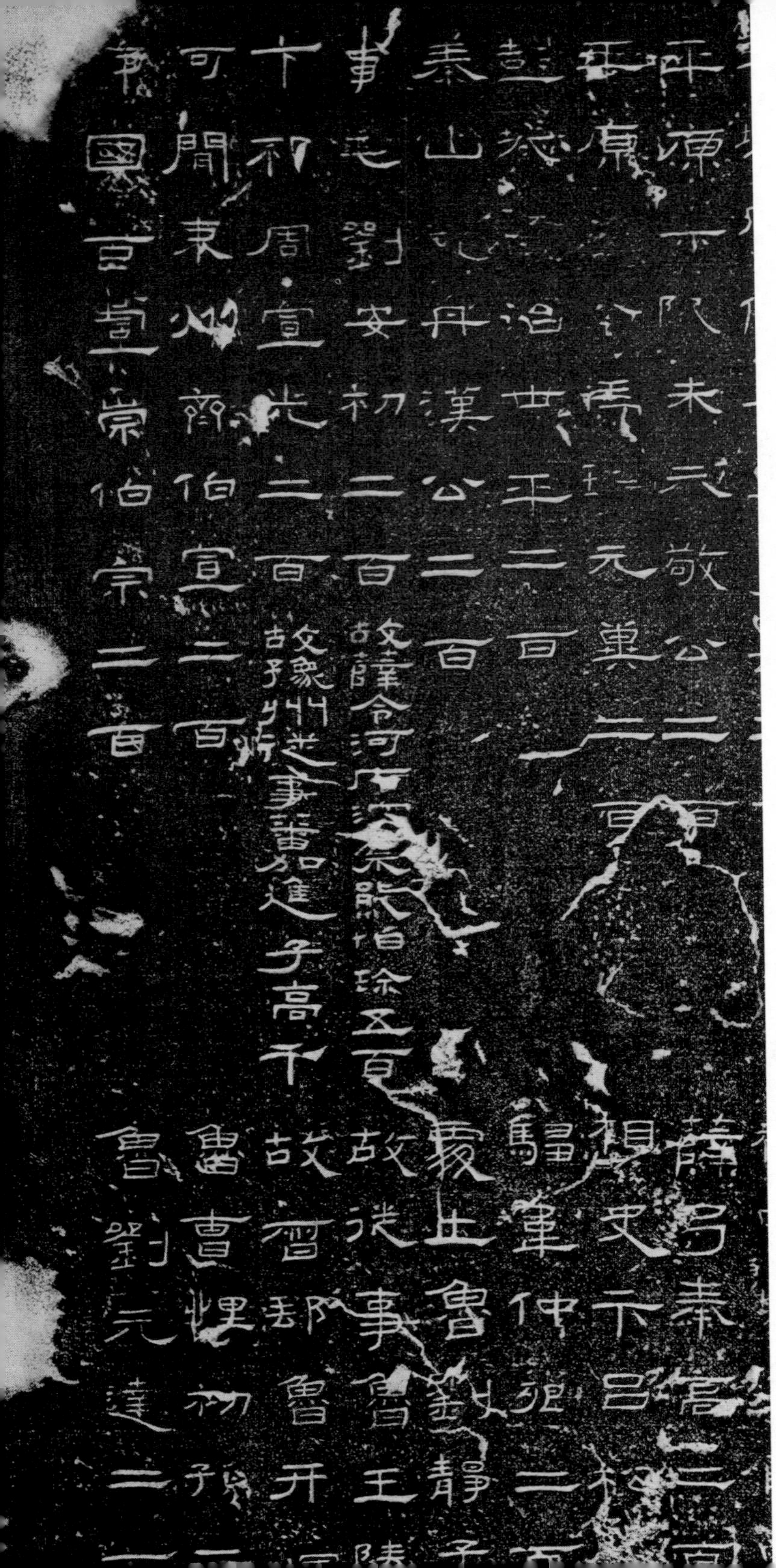

东汉《礼器碑》碑阴局部

东汉《礼器碑》碑阳局部

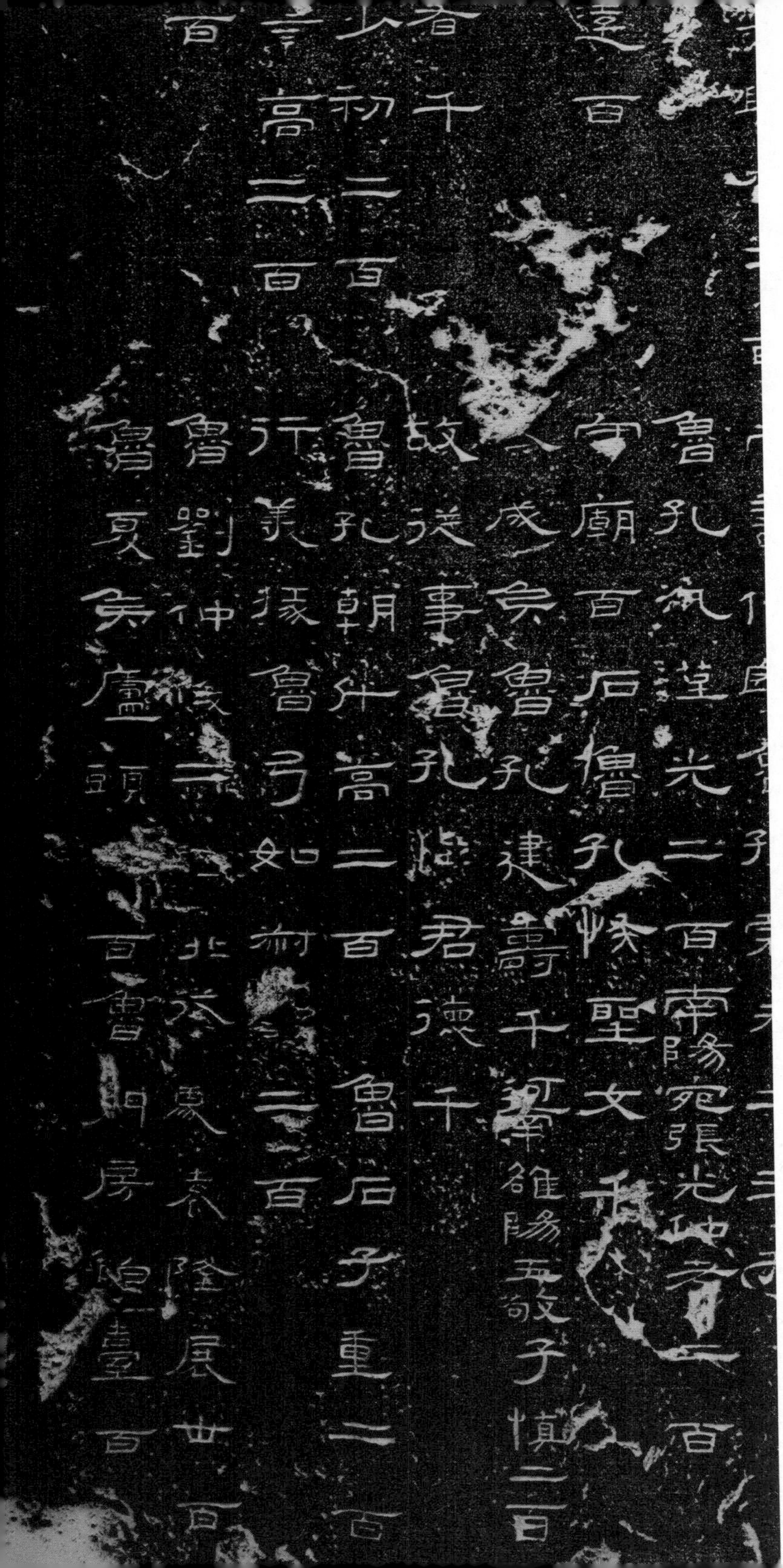

东汉《礼器碑》碑阴局部

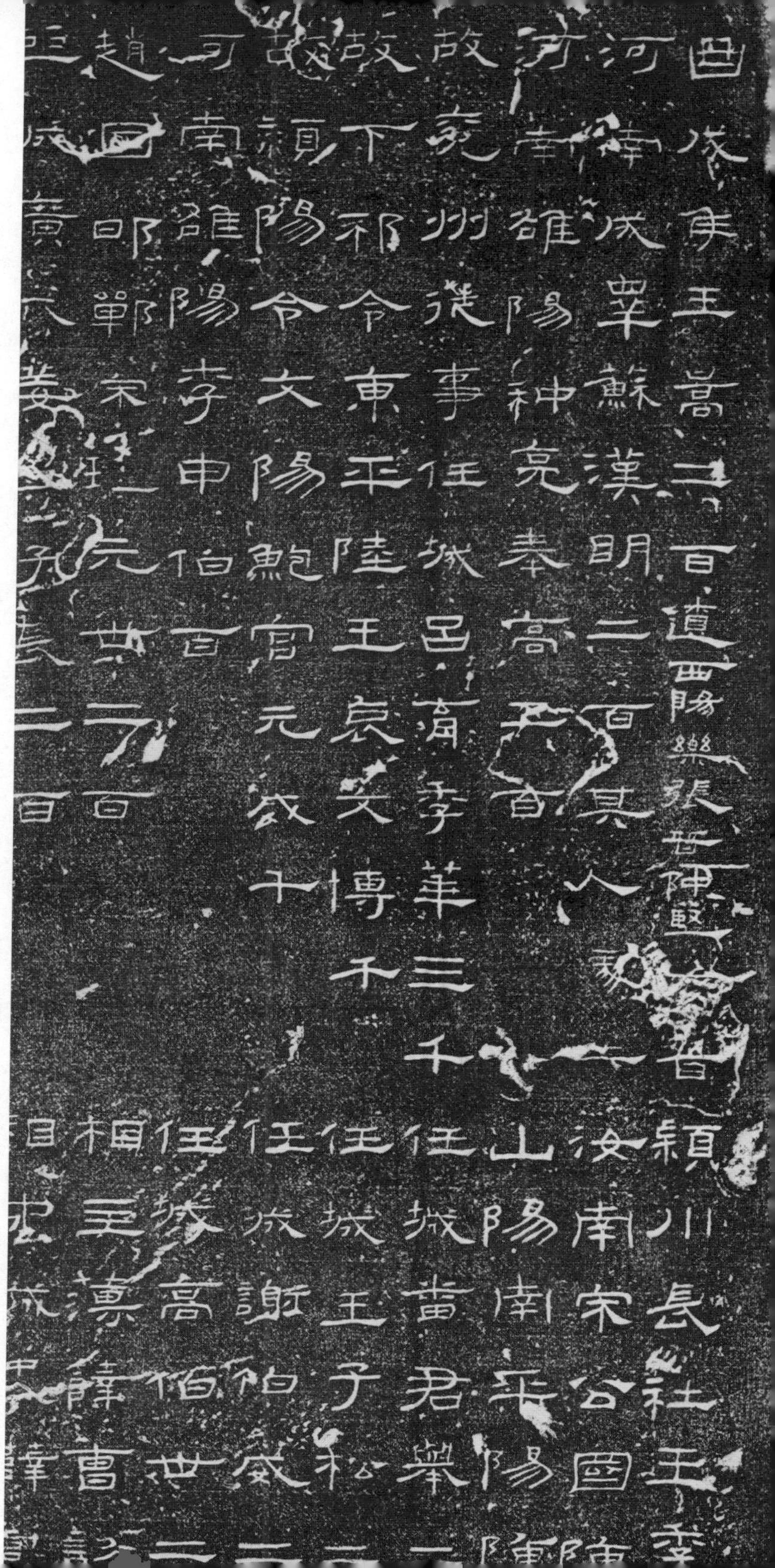

东汉《礼器碑》碑阴局部

西三百

　　　　汉　　方二
　　　　　酒二百
百　百　百　　　　百

故
郎中鲁
御史鲁郡
大尉掾鲁孔
鲁孔曜仲　　道
豪孔迁　　军左
鲁孔宪　　尉左
曹孔叙
别二百
百

鲁孔叙仲　孔翊
　方雎孔　元世
　二凯　弟十千
百　仲　　二百
文　鲁　　百
阳　孔
　仪甫
　　百

阳符
元道
文　二
　　百
二
百

东汉《礼器碑》碑阴局部

樂

君子

王百

尊圖書爵鹿上

漢定
里聖

东汉《乙瑛碑》

《乙瑛碑》，全称《鲁相乙瑛请置孔庙百石卒史碑》。无额。隶书，18行，行40字。桓帝永兴元年(153年)立，碑在山东曲阜孔庙。此拓本为故宫博物院藏明拓本，用墨沉细，字形丰厚清明，为“辟”字尚存本。每页，纵28.2cm，横14.6cm。有汪大燮观款一段及“赵氏书村珍藏金石”“萧山朱氏所藏善本”等藏印多方。此碑记司徒吴雄、司空赵戒以前鲁相乙瑛之言，乙瑛上书请于孔庙置百石卒史一人，执掌礼器庙祀之事。此碑结体方整，骨肉停匀，法度严谨，用笔方圆兼备，平正中有秀逸之气，乙瑛碑是汉隶成熟期的典型作品，属方整平正一路。历代书家对此碑赞誉甚多。清方朔云：“字字方正沉厚，亦足以称宗庙之美。”何绍基称此碑：“横翔捷出，开后来隽利一门，然肃穆之气自在。”宋赵明诚《金石录》、明郭宗昌《金石史》、清翁方纲《两汉金石记》等书著录。

乙瑛碑与《礼器》《史晨》并称“孔庙三碑”，历为书家所重。

清杨守敬评：“是碑隶法实佳，翁覃溪（翁方纲）云‘骨肉匀适，情文流畅。’诚非溢美，但其波磔已开唐人庸俗一路。”这正讲出了该碑的微妙处。临写此碑要特别注意波画的“逆入平出”，尤其是起笔处的逆势不能形迹外露。如“蚕头”的逆势形迹向上作侧锋外露，就流于了唐隶“蚕头”起笔侧露的庸俗风气。

《乙瑛碑》是汉隶中有数的逸品，字势开展，古朴浑厚，俯仰有致，向背分明。特别是后半段，采取笔杆倒向左侧的逆向行笔，使每一点画入木三分，扣得很紧，尤为高妙。《乙瑛碑》的结字看似规正，实则巧丽，字势向左右拓展。书风谨严素朴，为学汉隶的范本之一。

——《古代碑帖鉴赏》费声骞

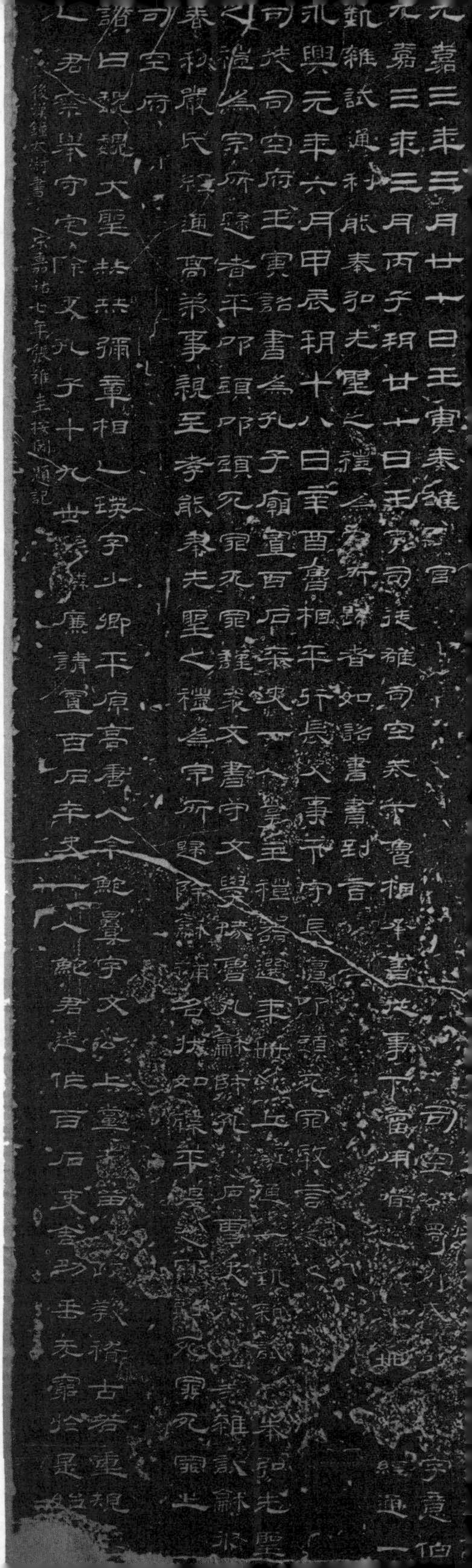
元嘉三年三月廿七日壬寅奏雒陽宮
元嘉三年三月丙子朔廿七日壬午司徒雄司空戒下魯相承書從事下當用者選其年卌以上經通一
藝雜試通利能奉弘先聖之禮為宗所歸者如詔書書到言
永興元年六月甲辰朔十八日辛酉魯相平行長史事卞守長擅叩頭死罪敢言之
司徒司空府壬寅詔書為孔子廟置百石卒史一人掌主禮器選年卌以上經通一藝雜試能奉弘先聖
之禮為宗所歸者平叩頭叩頭死罪死罪謹案文書守文學掾魯孔龢師孔憲戶曹史孔覽等雜試龢修
春秋嚴氏經通高第事親至孝能奉先聖之禮為宗所歸除龢補名狀如牒平惶恐叩頭死罪死罪上
司空府
贊曰巍巍大聖赫赫彌章相乙瑛字少卿平原高唐人令鮑疊字文公上黨屯留人政教稽古若重規
乙君察舉守宅除吏孔子十九世孫麟廉請置百石卒史一人鮑君造作百石吏舍功垂無窮於是始

东汉《乙瑛碑》

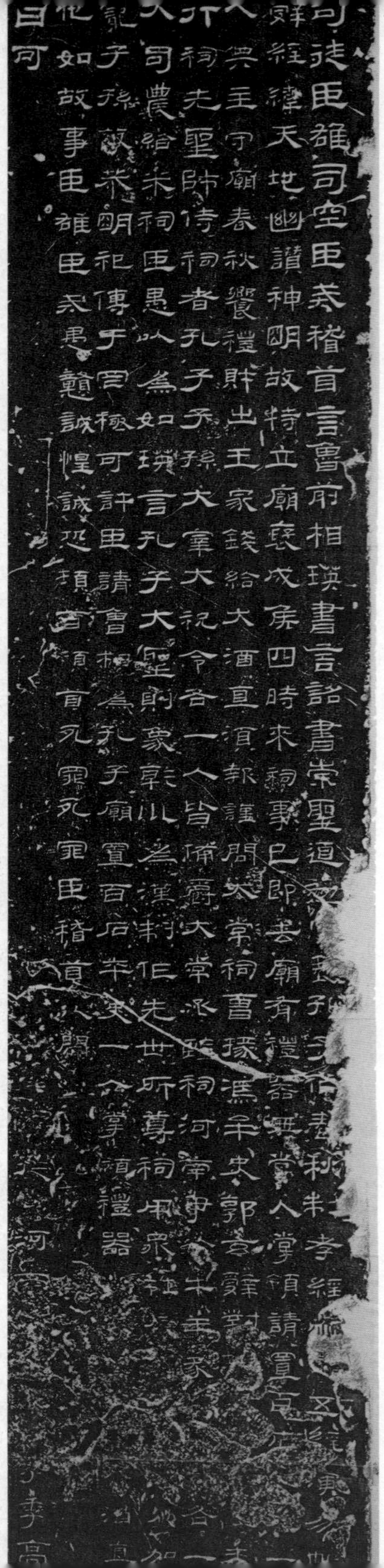
司徒臣雄司空臣戒稽首言魯前相瑛書言詔書崇聖道
辭經緯天地幽讚神明故特立廟褒成侯四時來祠事已即去廟有禮器無常人掌領請置百石
人典主守廟春秋饗禮財出王家錢給大酒直須報謹問大常祠曹掾馮牟史郭玄辭對
行祠先聖師侍祠者孔子子孫大宰大祝令各一人皆備爵大常丞監祠河南尹給牛
大司農給米祠臣愚以為如瑛言孔子大聖則象乾坤為漢制作先世所尊祠用眾牲
寵子孫敬恭明祀傳于罔極可許臣請魯相為孔子廟置百石卒史一人掌領禮器
他如故事臣雄臣戒愚戇誠惶誠恐頓首頓首死罪死罪臣稽首以聞
制曰可

东汉《乙瑛碑》

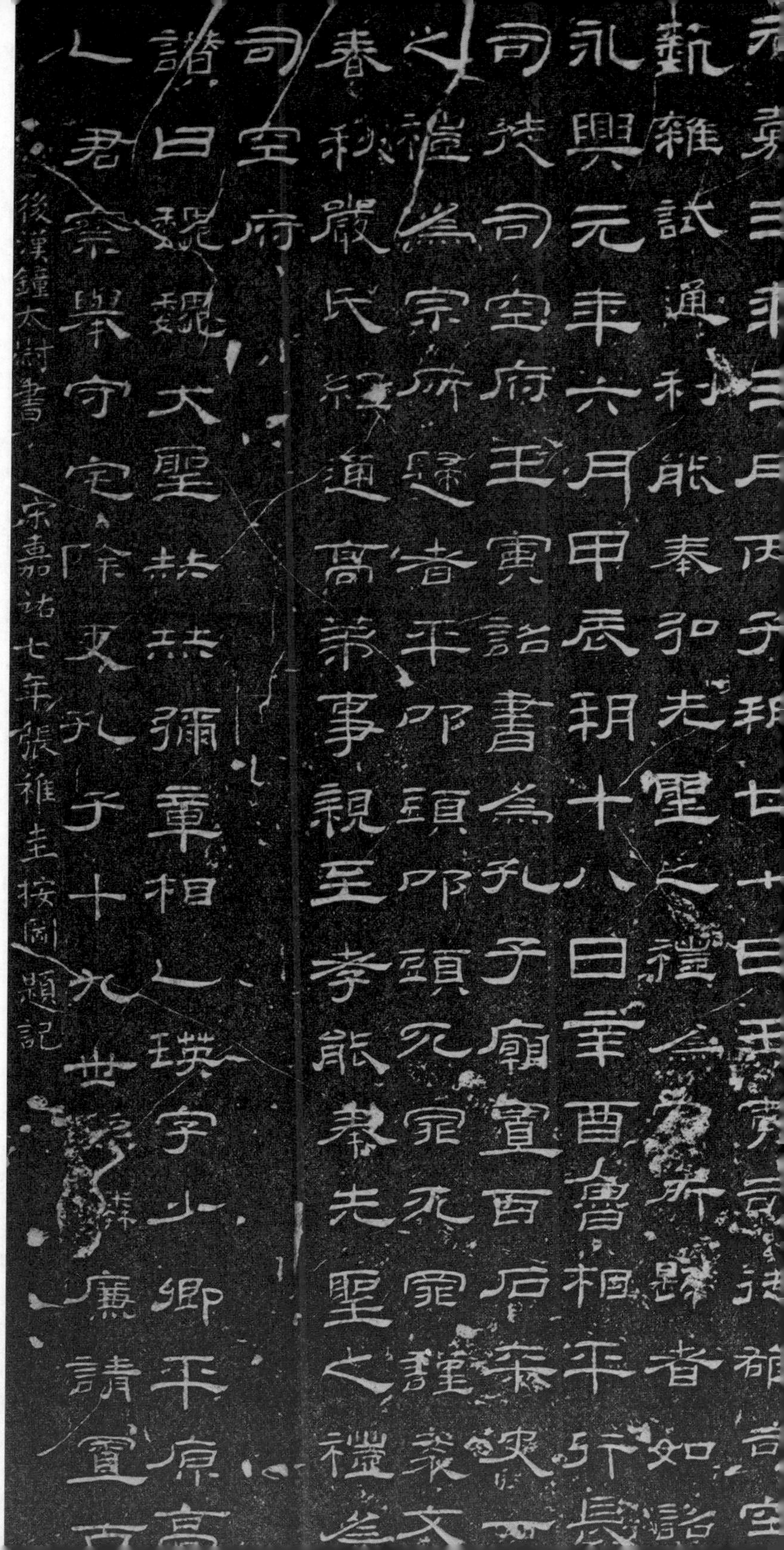
嘉三年三月丙子朔廿七日壬寅司徒雄司空
藝雜試通利能奉弘先聖之禮為宗所歸者如詔
永興元年六月甲辰朔十八日辛酉魯相平行長
司徒司空府壬寅詔書為孔子廟置百石卒史一
之禮為宗所歸者平叩頭叩頭死罪死罪謹案文
春秋嚴氏經通高第事親至孝能奉先聖之禮為
司空府
讚曰巍巍大聖赫赫彌章相乙瑛字少卿平原高
乙君察舉守宅除吏孔子十九世孫麟廉請置
後漢鍾太尉書 宋嘉祐七年張稚圭按圖題記

东汉《乙瑛碑》局部

魯前相瑛書言　事下當用者

書到言　事宜　守長　選　上言　故　　　　　守文學掾魯　孔龢　　通曉　百石卒史一人　　　鮑疊字文公上　書人　余　鮑疊字文公　造作百石史舍　教稽古若重規

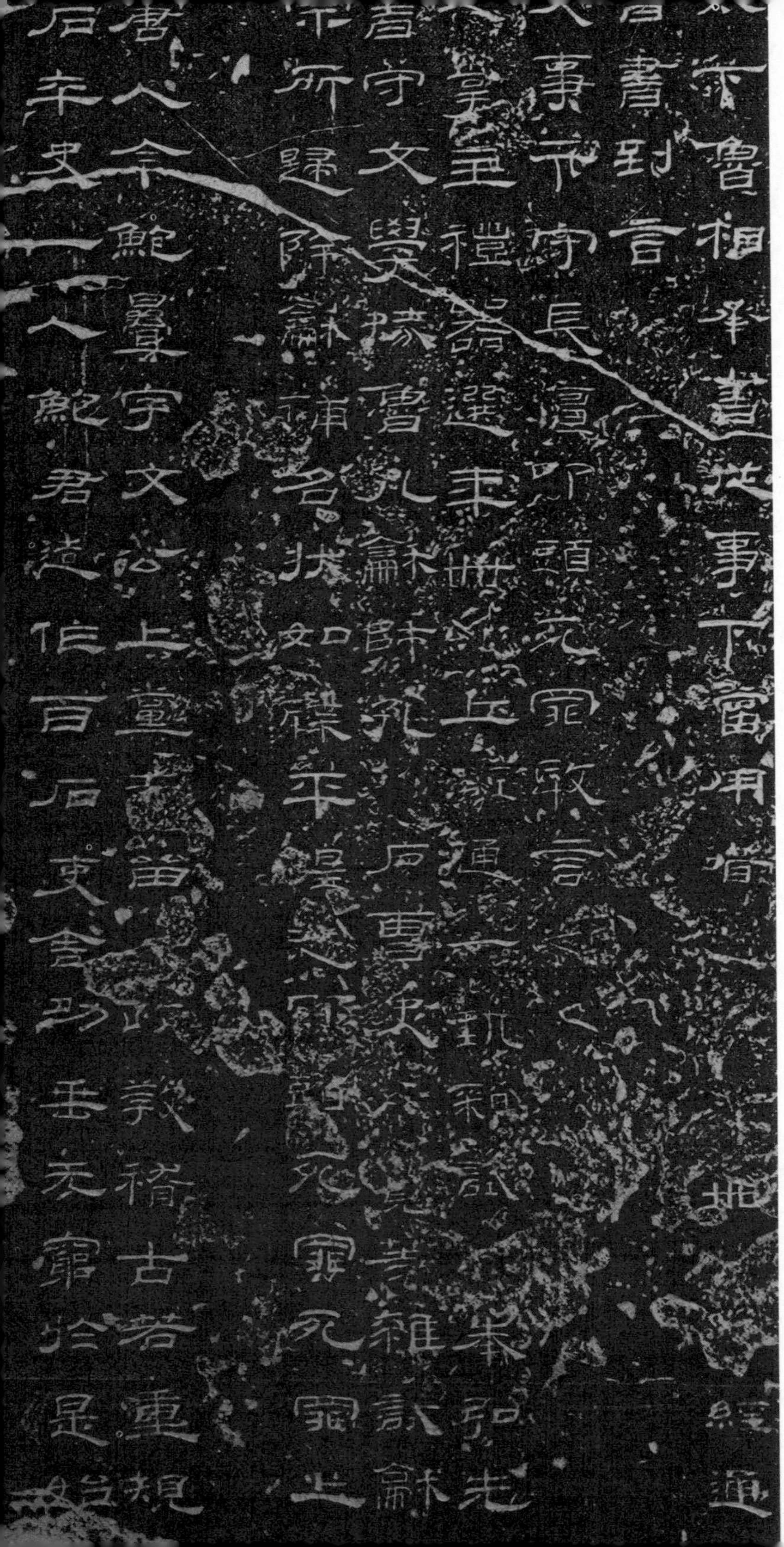

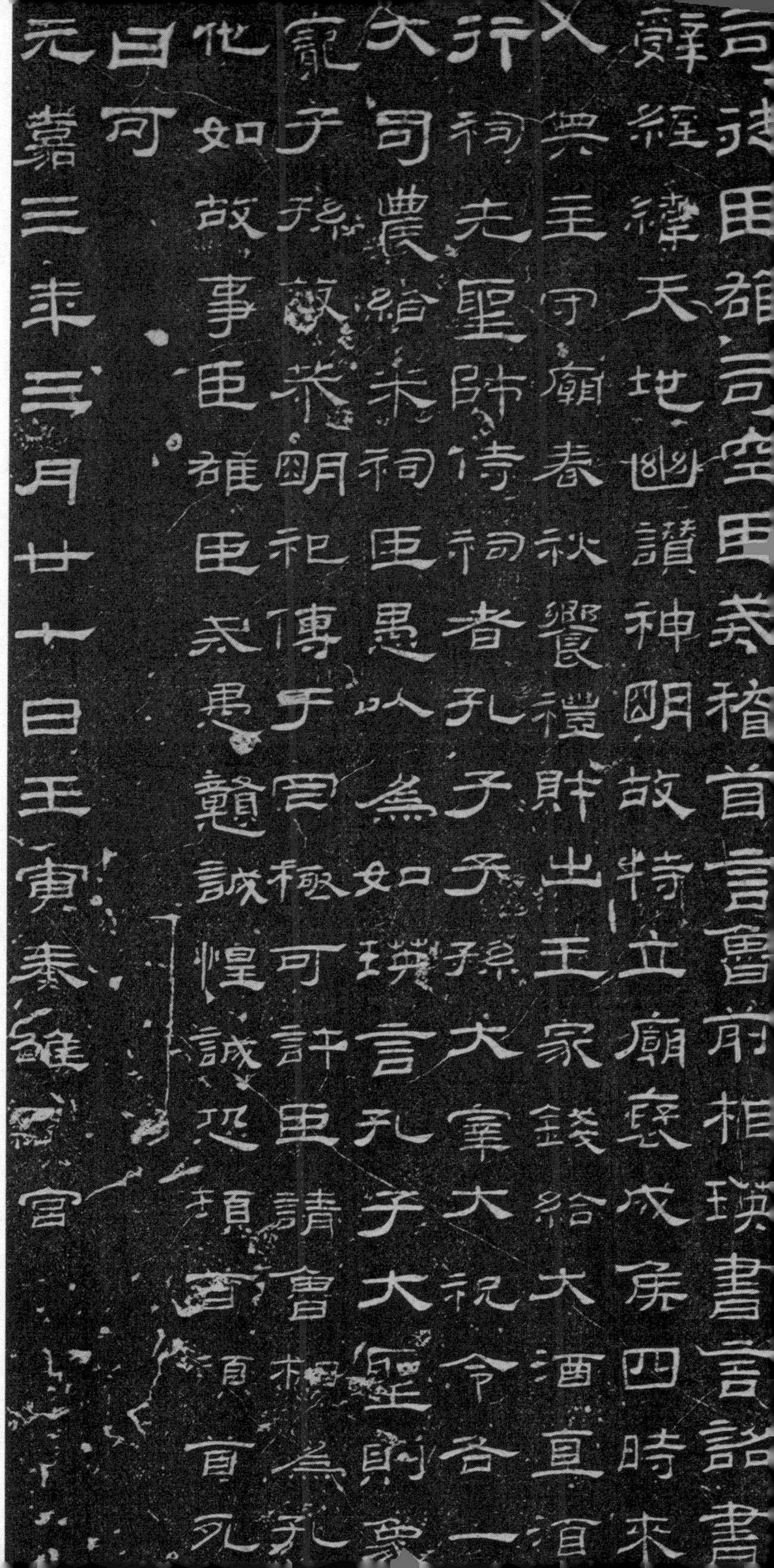
司徒臣雄司空臣戒稽首言魯前相瑛書言詔書
辭經緯天地幽讚神明故特立廟褒成侯四時來
人典主守廟春秋饗禮財出王家錢給大酒直須
行祠先聖師侍祠者孔子子孫大宰大祝令各一
大司農給米祠臣愚以為如瑛言孔子大聖則象
寵子孫敬恭明祀傳于罔極可許臣請魯相為孔
他如故事臣雄臣戒愚戇誠惶誠恐頓首頓首死
日可
元嘉三年三月廿七日壬寅奏雒陽宮

东汉《乙瑛碑》局部

聖道□□□子□作□

事巳即去廟有禮器無常人掌領請置百石

報謹問大常祠曹掾馮牟史郭玄辭對

皆備之一所掌尊祠河南尹給牛羊豕

先世所尊祠用眾牲

廟置百石卒史一人掌領禮器

死罪臣稽首以聞

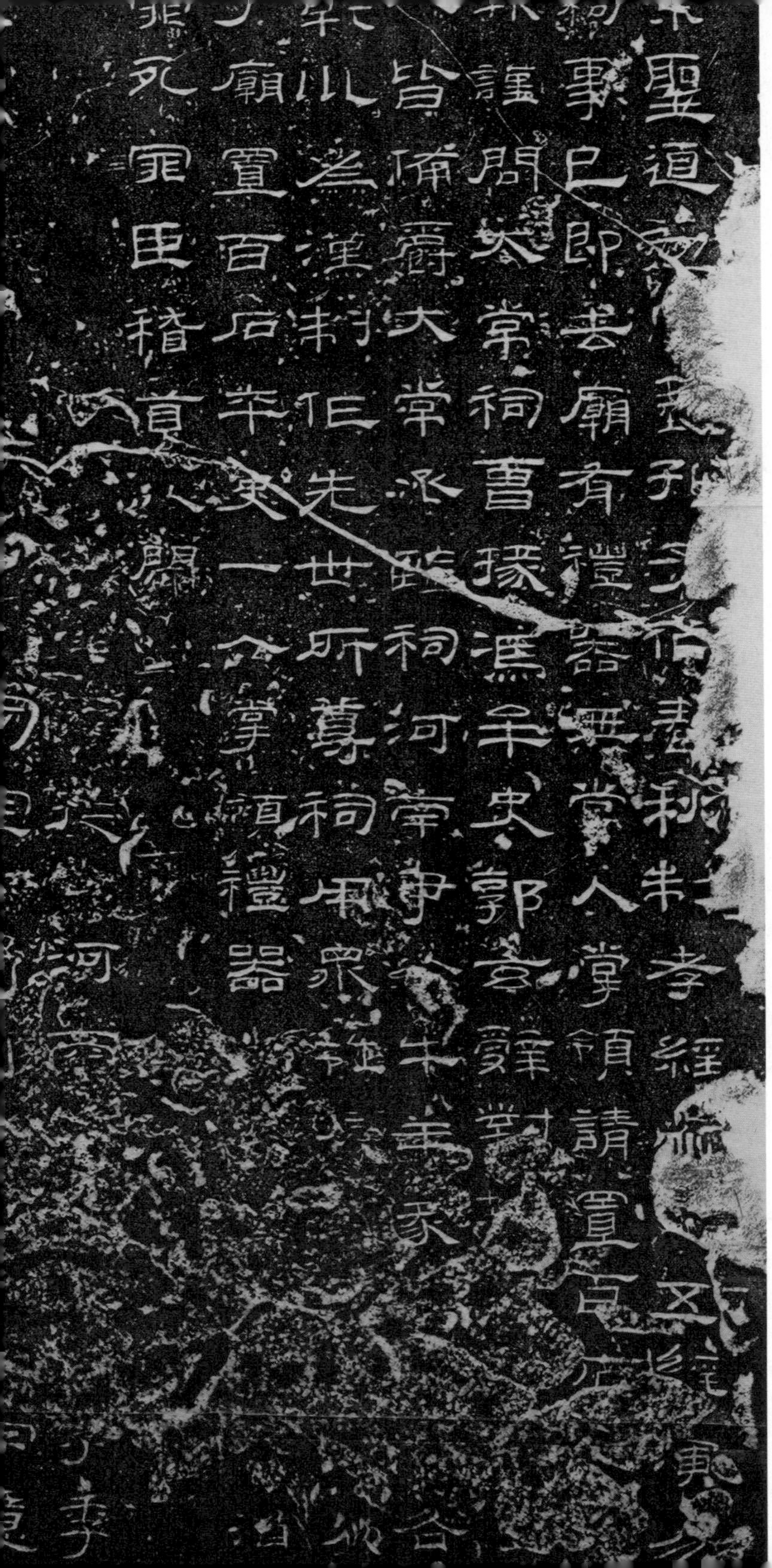

月

年

辛酉

大聖

守

宅

何

幽空

首言

东汉《史晨前后碑》（翻刻）

《史晨前后碑》是东汉所立的记载鲁相史晨祭祀孔子的情况的隶书碑文。记述当时尊孔活动的情况。书法端庄严谨，为学汉隶者所取法。又称史晨前后碑。

《史晨碑》立于山东曲阜孔庙。碑分两面刻。前碑刻《鲁相史晨祀孔子奏铭》，也称《鲁相史晨孔庙碑》，《史晨请出家谷祀孔庙碑》。通常称《史晨前碑》。东汉建宁二年(169年)三月刻。据清王昶《金石萃编》记："碑高七尺，广三尺四寸"。隶书。十七行，行三十六字，后碑刻《鲁相史晨飨孔子庙碑》，通常称《史晨后碑》。东汉建宁元年(168年)四月刻，高广尺寸同前碑。隶书。十四行，行三十六字。前后碑书风一致，当为一人手书。此碑为东汉后期汉隶走向规范、成熟的典型。世见最早拓本为明拓本，"秋"字完好。北京图书馆藏明拓本。

要想写好《史晨碑》，我们必须先了解其产生的时代背景及其影响。东汉隶书是汉代书法艺术的瑰丽之冠，是隶书的全盛时期。当时树碑刻石成风，流派争鸣崛起，风格多样、体势各异，结构、运笔变化无穷，各尽其妙。《史晨碑》正是这一隶书成熟时期的优生子。《史晨碑》整章布局统一和谐、井然有序，结字方正、体态秀润匀称，用笔波磔分明，具有逆入平出而一丝不苟的严谨风格。清孙承泽《庚子消夏记》评此碑云："字复尔雅超逸，可为百世楷模，汉石最佳者也。"清代书法家王澍也认为此碑"严谨"，学汉隶从此碑入手，可以"正其趋"。正因如此，历代学书者都把此碑作为学习隶书入门的途径，甚至作为书艺创作的灵魂。如清代碑学大师郑簠、邓石如、赵之谦等无不是在《史晨碑》中汲取精华而又发扬光大。

其次，是要善于读碑和临碑。精于读碑有时胜于反复摹写，这样，更易于达到事半功倍的效果。《史晨碑》总体风格严整端庄，典雅俊秀，兼有遒劲、敦厚、超逸之美。其用笔方圆结合、波磔分明、轻重得法，结字扁平方正、安稳匀整，点画布局中宫紧密、外宫疏放，章法布局统一和谐、井然有序，具有成熟隶书的众多特征。所以我们在读碑时要有目的地对碑中用笔、结字、章法认真揣摩，细细品味其神采，力争化碑中之形为胸中之意。

同时，还要勤于临碑。临习是学习书法的必要过程，是贯穿于一个人毕生的艺术追求之中的主要的借鉴取法的手段，初学隶书自然要从此入手。临习方法，一般分对临，背临、意临三个环节。

一、对临。是面对范本进行模仿训练的一种方法，基本要求是将碑文的笔迹写得准确，模仿得像，通过临习掌握基本技法。对临有助于初学者加深对字形、笔画的认识理解，有助于在认真观察的基础上提高书写的判断能力，以便从传统中摸索书写的规律法则，最终转化为自身的书写能力。对临要反复进行，不可采用流水账式的机械方法，防止轻率的临习。要经过反复对照联系，直至能够熟练地再现古人的风貌为止。

二、背临。是建立在对临基础上的一种检验自己对临成果的方法，也是为从事创作做准备的必要过程。在实践中有些学书者临习能力并不差，也下过大气力，但在创作作品时，总不能很好地在作品中运用和体现出传统技法。这一问题出现，多是因为在训练中缺少背临这一基本环节，反映出了学习传统技法的不扎实。因此，临习并非是机械地照着写，还须经过背临的过程来验证自身的真实书写能力。

三、意临。是取古代传统技法之"意"（即某些规律）的一种方法。意临是一种灵活的临习方法，力求从宏观上把握传统技法规律，书写时注意对古人书法神采风韵的体现。意临中某些字型或笔法可以有些出入，只要符合一定的规律法则就可以。意临可以表现出书法者自身对古字的认识理解，可以变化发挥，但意临必须慎重，如果把意临当作对范本的有意"改造"，或降低书写的认真程度，从根本上远离了范本的要求，就领会错了。

以上三种临习方法，是临习过程中的三个不同环节，可以说，三者之间相互依存，密不可分，单纯地采用其中一种都不会有大的收获。因此正确处理三者的关系，把握好每一环节的根本要求是非常重要的。

再次，就是要讲究笔法，注重用笔的变化。笔法就是书写时的用笔方法，即笔毛在点画中运行的方法。运笔包括起伏、中侧、方圆、藏露、轻重、疾涩等变化，康有为曾说："书法之妙，全在运笔。"而《史晨碑》的妙处更在运笔的变化多端，《史晨碑》八个基本笔画的近百种造型变化，也未必详尽。所以我们要真正写好《史晨碑》务必讲求运笔方法，使笔画线条生动自然、富于变化。比如用笔的方圆轻重变化。方笔方整庄重、刚健斩截，倘纯用方笔，则又显得呆板拘谨缺乏神采；圆笔圆转遒劲、活泼秀丽，但如果单用，则易流于轻浮、单薄。《史晨碑》的用笔不同于《礼器碑》的用笔多方及《曹全碑》的纯用圆笔，而是方圆互用，其点画平直相安，轻重得法，用笔周到、娴熟，具有严格的法度要求。另外我们要清楚的是《史晨碑》、《乙瑛碑》、《孔宙碑》和《礼器碑》等同属东汉时期雄伟高大的碑石，内容多严肃而庄重，因此书写时多采用工整精美的笔法，以示庄严，一般不可纯用《石门颂》或简帛一类的草隶笔法来写。

此外，我们在临写时还要注意藏锋、露锋、轻提重按、疾行涩进的用笔变化，既要忠于原碑，又不拘于一法，要敢于突破、敢于创新。最后要求我们在学习过程中，兼收并蓄、博采众长。《史晨碑》书体安稳、法度鲜明，是学习隶书入门的极佳范本，然习此碑宜求变法，于平正严谨中求变化，于温润古雅中求自然之趣，防止雕饰圆臃的写法，以免误入俗格。《史晨碑》处于东汉隶书的鼎盛时期，也是最为成熟的时期，与其同时笔法风格近似的隶书碑刻很多，如《朝侯小子残碑》《曹全碑》《乙瑛碑》《华山碑》《张景碑》《礼器碑》《张寿碑》等都可作为我们研习的对象，这对于我们更好的理解掌握《史晨碑》的用笔、结字和章法，有重要的作用。还有就是要学习与《史晨碑》风格不同的汉碑，以增强自己的书法艺术修养。《史晨碑》是隽雅秀逸书风的典型，那么像古茂质朴的《张迁碑》、《衡方碑》，结字用笔宽疏大度的《西狭颂》、《阁颂》，用笔纵逸飞动的《石门颂》以及汉晋简椟、章草等都可以作为观摩、临习的对象，这样就可以使我们掌握更多的运笔方法和各种书写风格的特点，以使我们的书学之路越走越宽。

——以上摘录于樱桃曲阜孔庙研究院书法课笔记

建寧二年三月癸卯朔七日己酉魯相臣晨長史臣謙頓首死罪上
尚書臣晨頓首頓首死罪死罪臣蒙厚恩受任符守得在奎婁周孔舊寓不能闡弘德政恢崇
壹變夙夜憂怖累息屏營臣晨頓首頓首死罪死罪臣以建寧元年到官行秋饗飲酒畔宮畢
復禮孔子宅拜謁神坐仰瞻榱桷俯視几筵靈所馮依肅肅猶存而無公出酒脯之祠臣即
以奉錢修上案食醱具以敘小節不敢空謁臣伏念孔子乾坤所挺西狩獲麟為漢制作故孝
經援神挈曰玄丘制命帝卯行又尚書考靈耀曰丘生倉際觸期稽度為赤制故作春秋以明
文命綴紀撰書修定禮義臣以為素王稽古德亞皇代雖有褒成世享之封四時來祭畢即歸
國臣伏見臨辟雍日祠孔子以太牢長吏備爵所以尊先師重教化也夫封土為社立稷而祀
皆為百姓興利除害以祈豐穰月令祀百辟卿士有益於民矧乃孔子玄德煥炳光於上下而
本國舊居復禮之日闕而不祀誠
朝廷聖恩所宜特加臣寢息耿耿情所思惟臣輒依社稷出王家穀春秋行禮以共煙祀餘
賜先生執事臣晨頓首頓首死罪死罪臣盡力思惟庶政報稱為效增異輒上臣晨誠惶誠恐
頓首頓首死罪死罪上
尚書時副言大傅大尉司徒司空大司農府治所部從事
昔在仲尼汁光之精大帝所挺顏母毓靈承敝遭衰黑不代倉周流應聘歎鳳不臻自衛反
魯養徒三千獲麟趣作端門見徵血書著紀黃玉響應主為漢制道審可行乃作春秋復演孝
經刪定六藝象與天談鉤河擿雒却揆未然巍巍蕩蕩與乾比崇

东汉《史晨前碑》

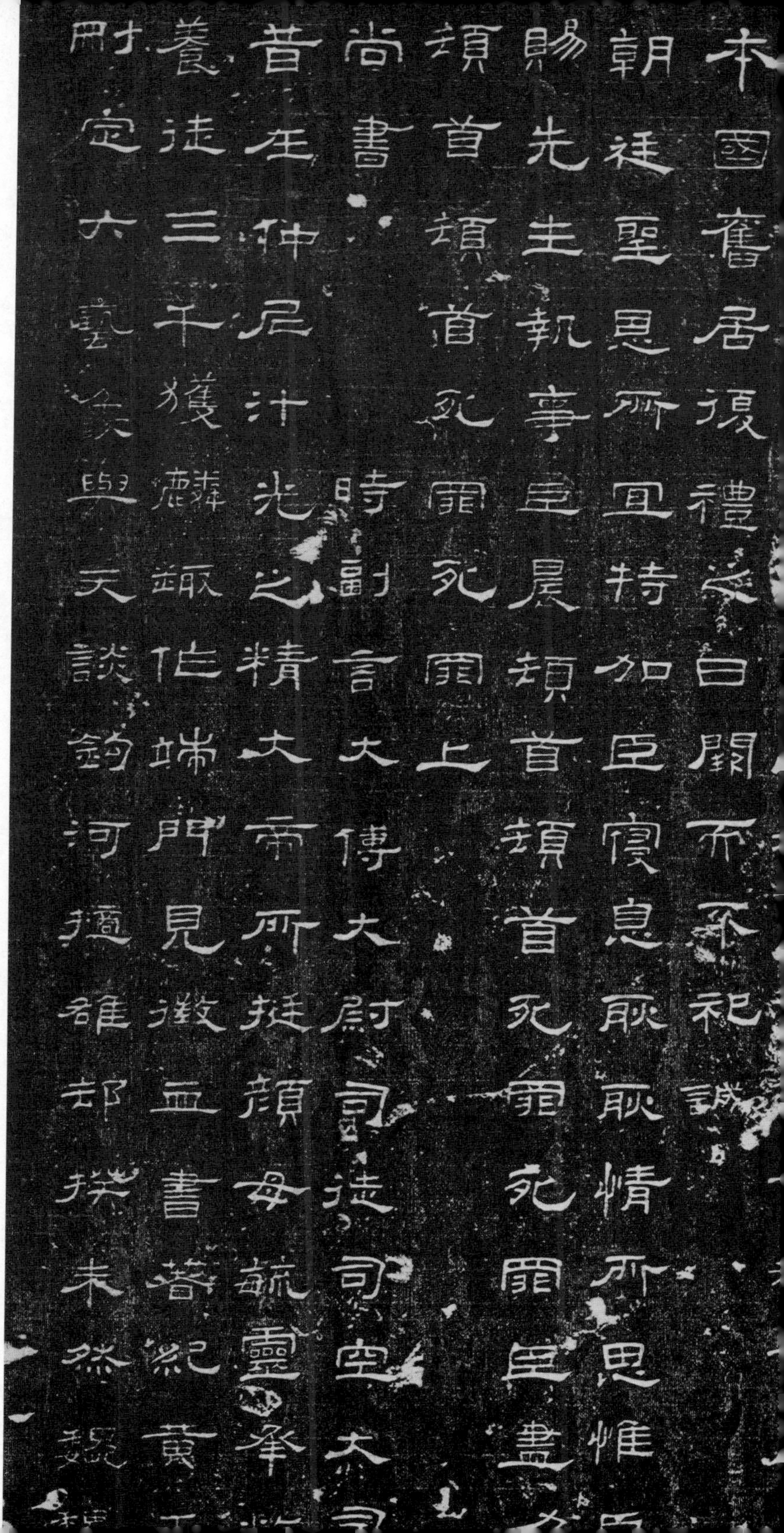
本國舊居復禮之日闕而不祀誠
朝廷聖恩所宜特加臣寢息耿耿情所思惟
賜先生執事臣晨頓首頓首死罪死罪臣晨
頓首頓首死罪死罪上
尚書時副言大傅大尉司徒司空大司
昔在仲尼汁光之精大帝所挺顏母毓靈
養徒三千獲麟趣作端門見徵血書著紀
刪定六藝象與天談鉤河擿雒卻揆未然

东汉《史晨前碑》局部

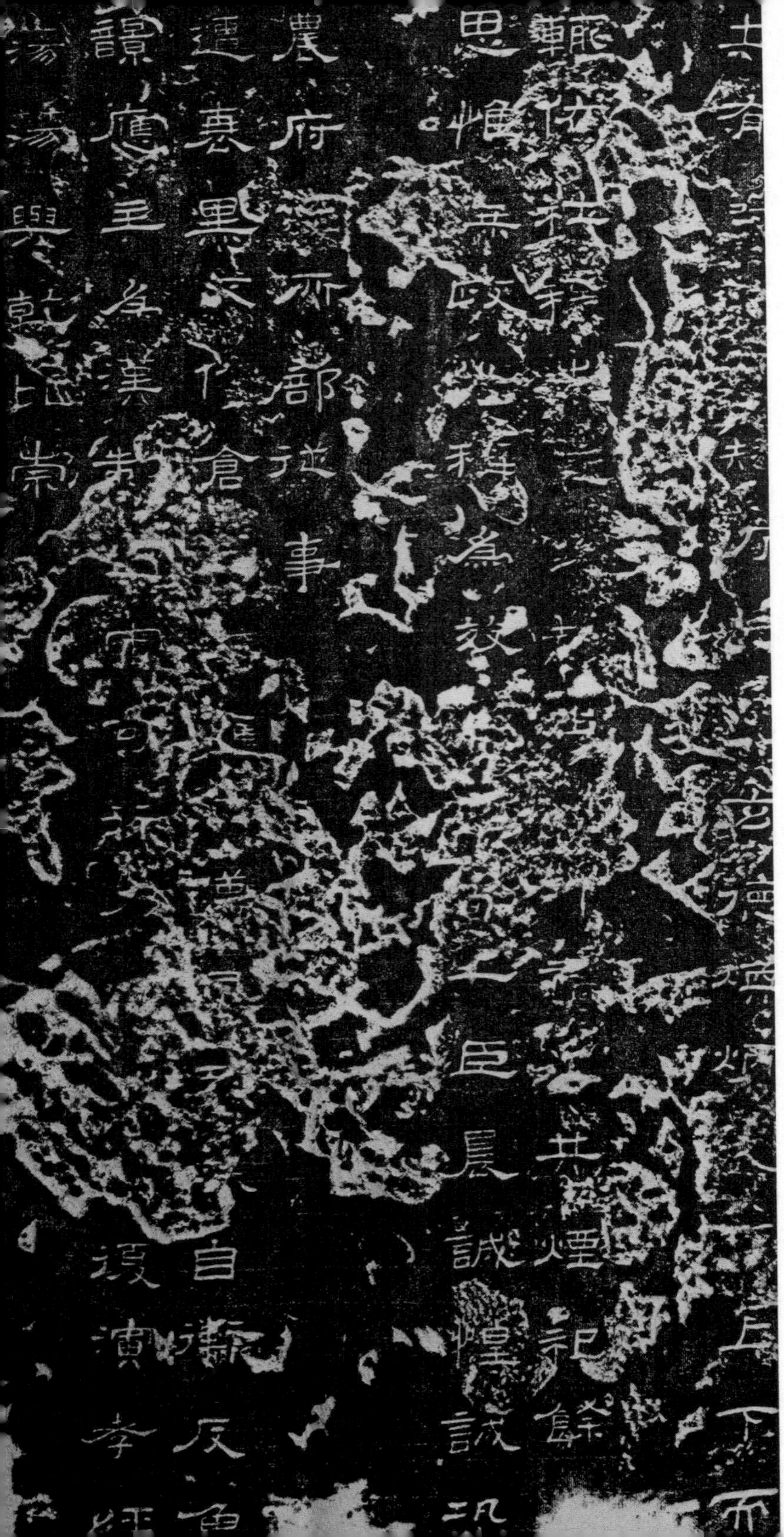

东汉《史晨前碑》局部

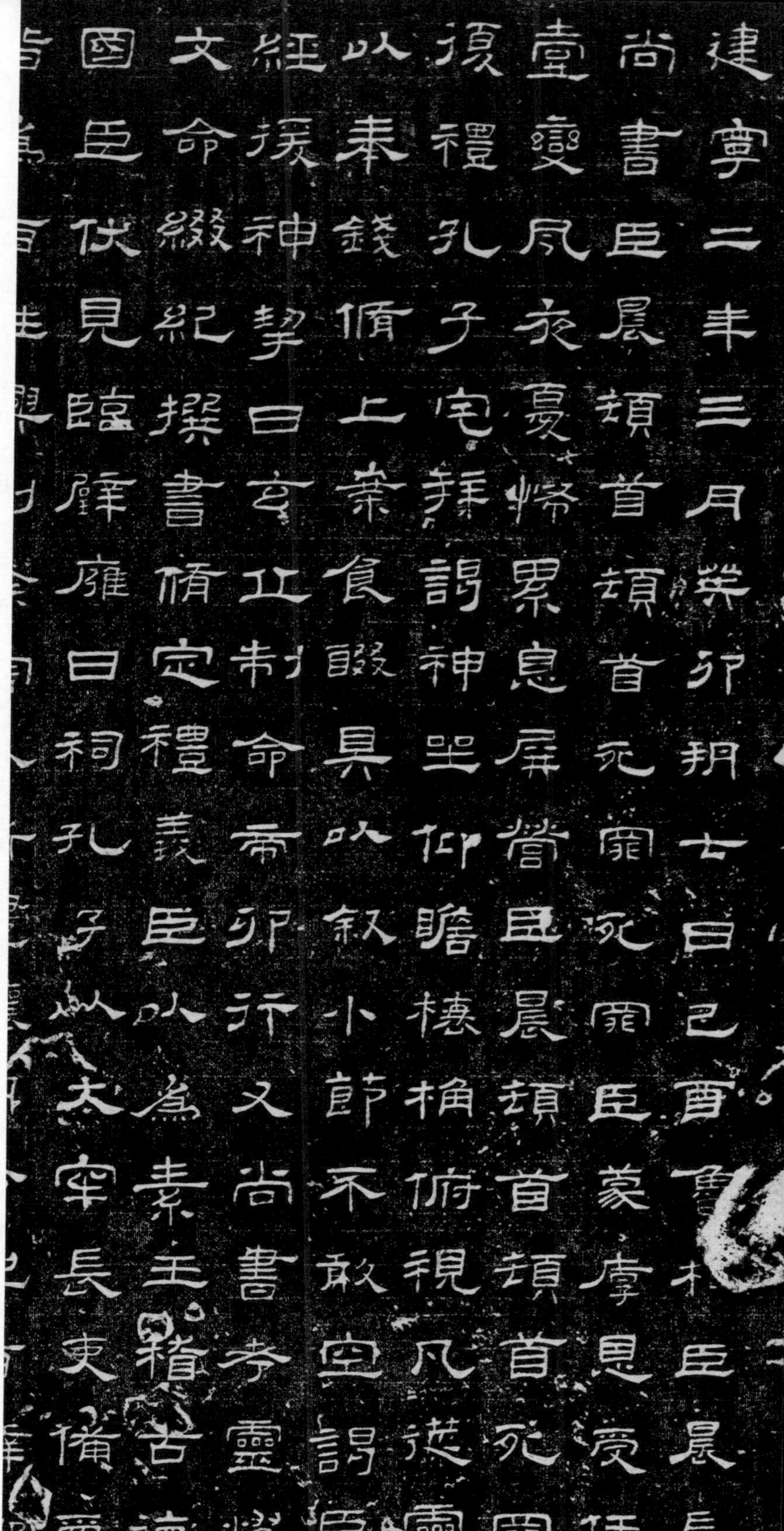
建寧二年三月癸卯朔七日己酉魯相臣晨
尚書臣晨頓首頓首死罪死罪臣蒙厚恩受
壹變夙夜憂怖累息屏營臣晨頓首頓首死
復禮孔子宅拜謁神坐仰瞻榱桷俯視几筵靈
以奉錢脩上案食醊具以敘小節不敢空謁
經援神挈曰玄丘制命帝卯行又尚書考靈
文命綴紀撰書脩定禮義臣以為素王稽古
國臣伏見臨璧雍日祠孔子以太牢長吏備

东汉《史晨前碑》局部

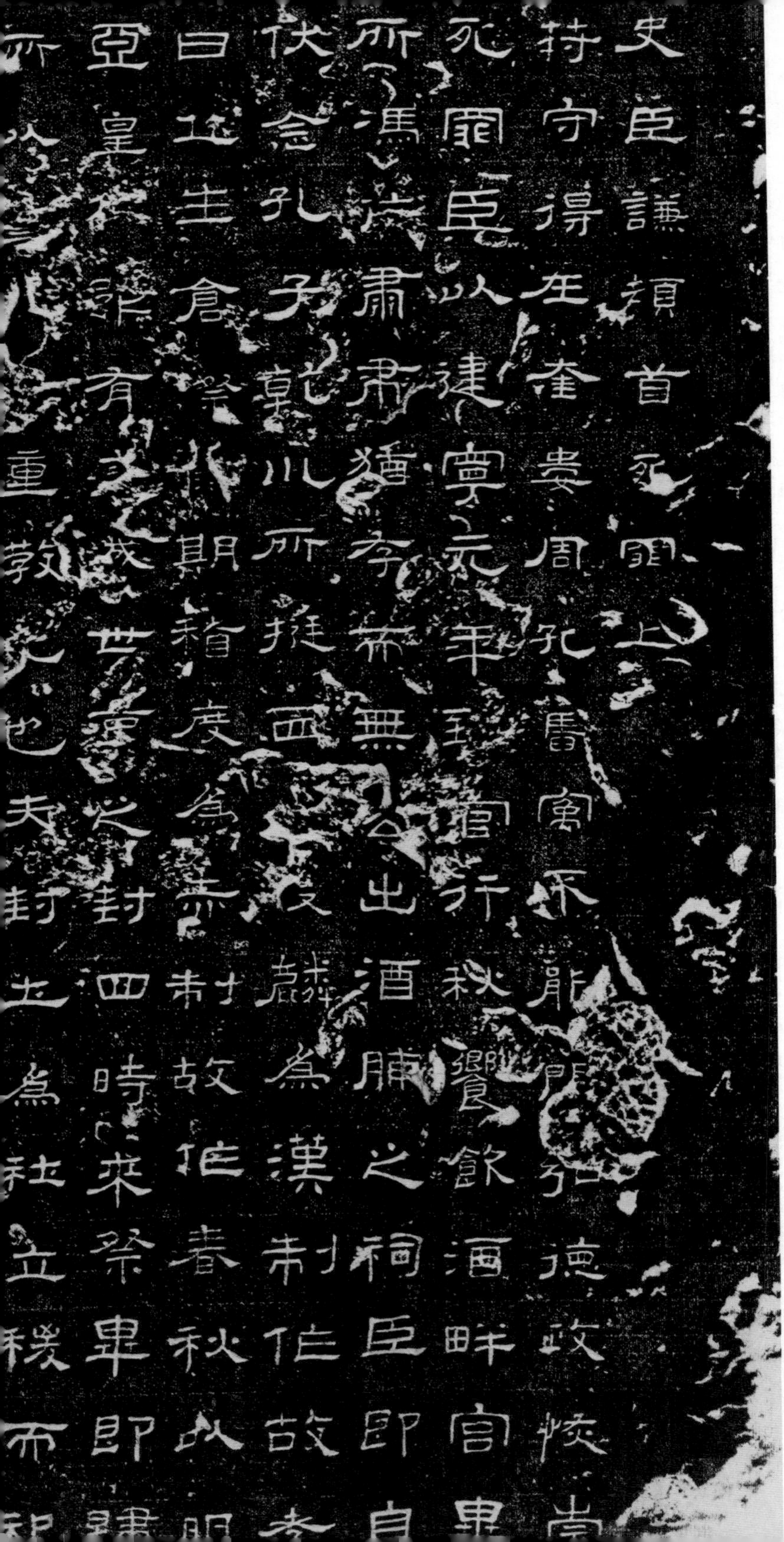

东汉《史晨前碑》局部

復禮
為素
奉錢

建寧二年三月
尚書臣晨頓首

相河南史君諱晨字伯時從越騎校尉拜建寧元年四月十一日戊子到官乃以令日拜
子謁見閒觀式路虔跽既至升堂屏氣拜手祗肅屑僾髣髴若在依依舊宅神之所安春秋
禮稽度玄靈而無公出享獻之薦欽因春饗導物嘉會述修壁雍社稷品制即上尚書參以
符驗乃敢承祀餘胙賦賜刊石勒銘并列本奏大漢延期彌歷億萬
時長史廬江舒李謙敬讓五官掾魯孔暢功曹史孔淮戶曹掾薛東門榮史文陽馬琮守廟
百石孔讚副掾孔綱故尚書孔立元世河東大守孔彪元上處士孔褒文禮皆會廟堂國縣員
冗無大小空府竭寺咸俾來觀并畔宮文學先生執事諸弟子合九百七人雅歌吹笙考之
律八音克諧蕩邪反正奉爵稱壽相樂終日於穆肅肅雍雍上下蒙福長享利貞與天無極
史君饗後部史仇誧縣吏劉耽等補完里中道之周左廧垣壞決作屋塗色修通大溝西流
里外南注城池恐縣吏斂民侵擾百姓自以城池道濡麦給令還所斂民錢材
史君念孔瀆顏母井去市遼遠百姓酤買不能得香酒美肉於昌平亭下立會市因彼左右
咸所願樂
又勑瀆井復民餝治桐車馬於瀆上東行道表南北各種一行梓
假夫子冢顏母井舍及魯公冢守吏凡四人月與佐除

东汉《史晨后碑》

明郭宗昌：分法复尔雅超逸，可为百代模楷，亦非后世可及。(《金石史》)

清万经：修饬紧密，矩度森然，如程不识之师，步伍整齐，凛不可犯，其品格当在《卒史》《韩勑》之右。(《分隶偶存》)

清方朔：书法则肃括宏深，沉古遒厚，结构与意度皆备，洵为庙堂之品，八分正宗也。(《枕经金石跋》)

清杨守敬：昔人谓汉隶不皆佳，而一种古厚之气自不可及，此种是也。(《平碑记》)

现代书家费声骞评《史晨碑》："此碑笔姿古厚朴实，端庄遒美，历来评定为汉碑之逸品。磨灭处较少，是汉碑中比较清晰的一种。《前碑》结字似略拘谨，《后碑》的运笔及结字比较放纵拓展。总体而言，《史晨前后碑》的字体规正，属汉隶中普通平正的书法，是当时官文书体的典型，宜于初学入门。"

史君饗後部史仇誧縣吏劉耽等補完里中
里水南注城池恐縣吏斂民侵擾百姓自以
史君念孔瀆顏母井去市遼遠百姓酤買不
咸所願樂
又勅瀆井復民餝治桐車馬於瀆上東行道
假夫子冢顏母开舍及魯公冢守吏凡四人
大周聖曆二年二月廿三日金臺
觀主馬元貞弟子楊景初郭希玄
奉勅於東岳作功德便謁

东汉《史晨后碑》局部

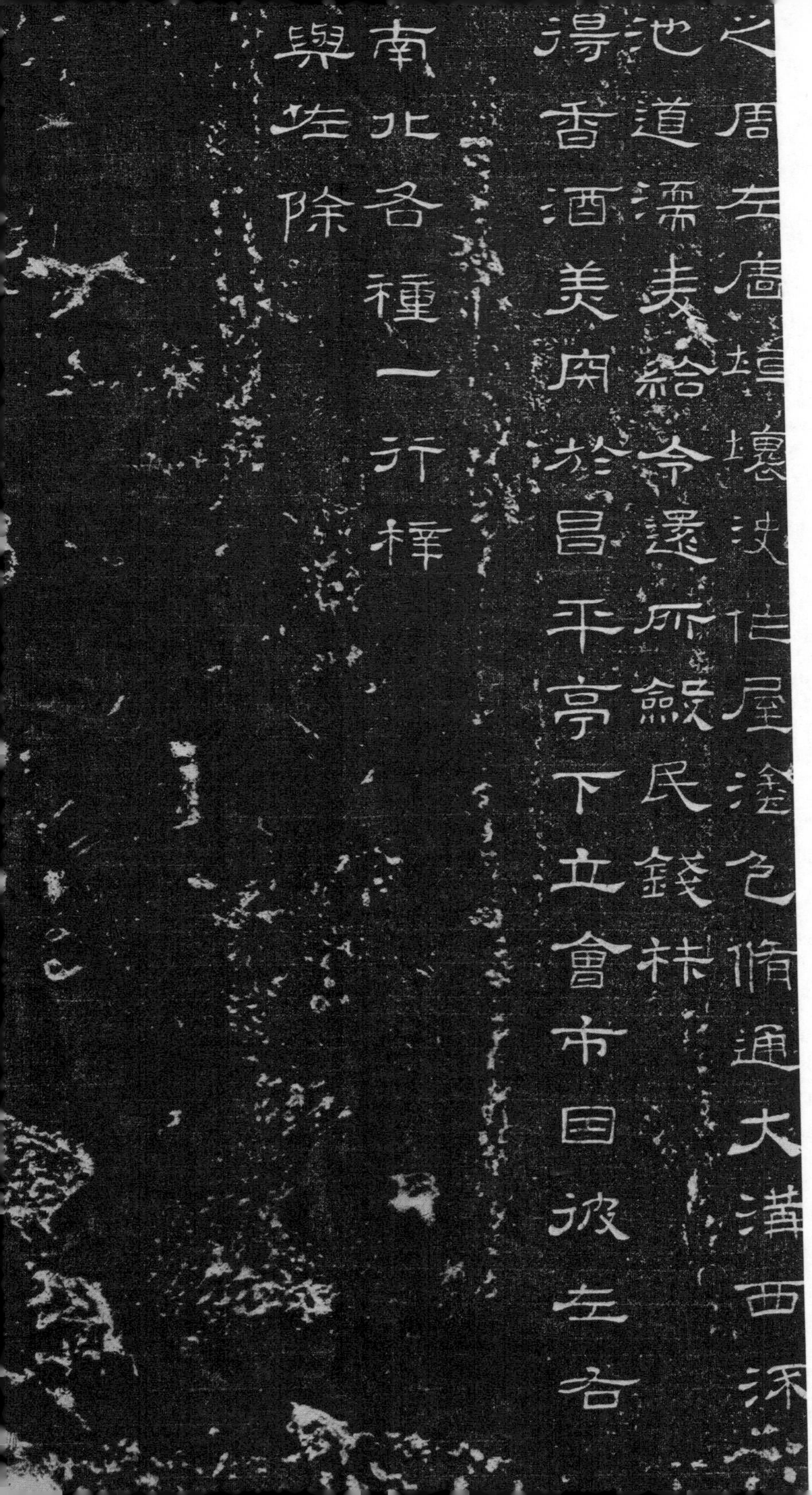
之居左廧垣壞決作屋塗色脩通大溝西流
池道濡麦給令還所斂民錢材
得香酒美肉於昌平亭下立會市因彼左右
南北各種一行梓
與佐除

东汉《史晨后碑》局部

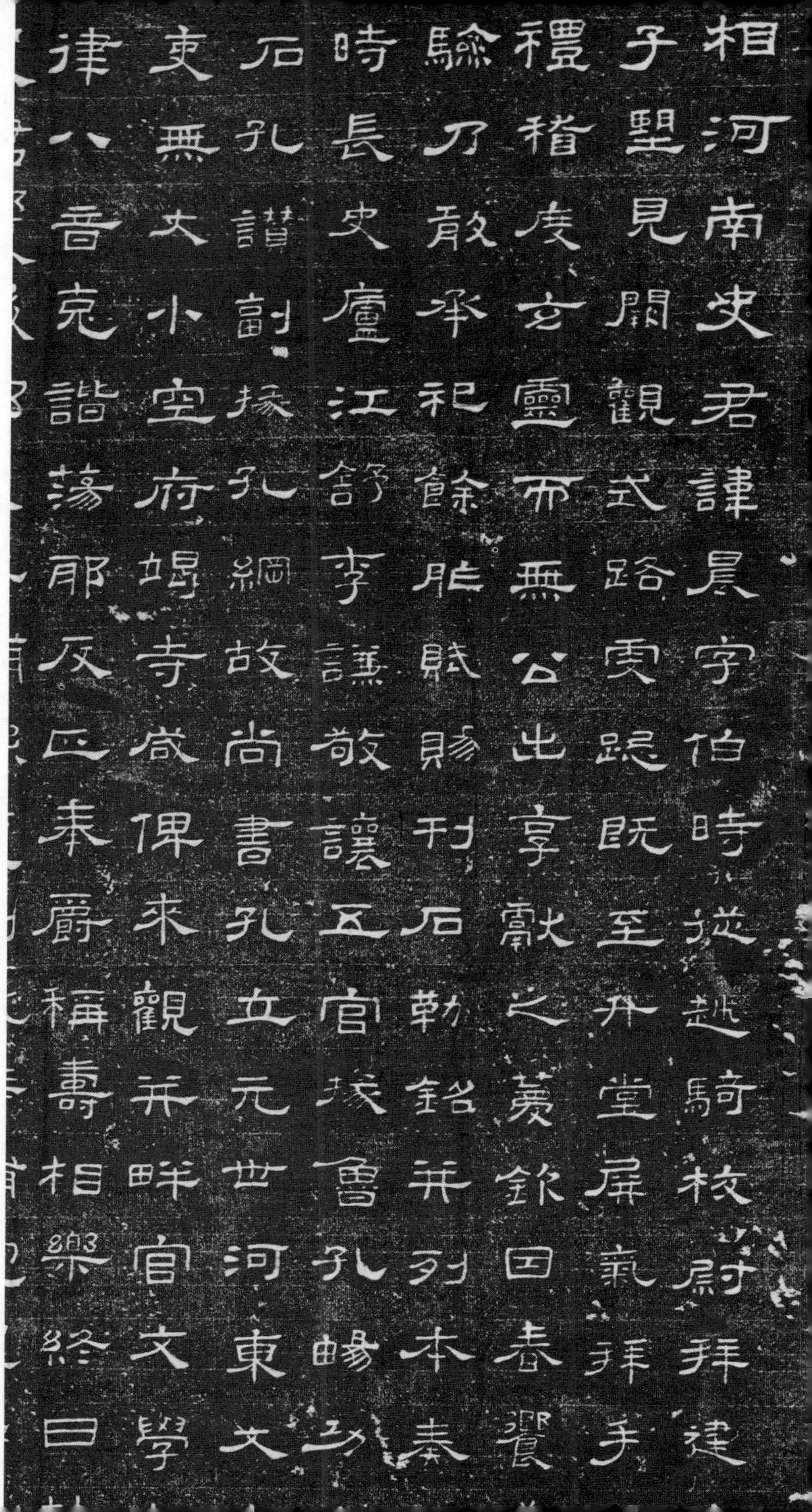
相河南史君諱晨字伯時從越騎校尉拜建
子望見闕觀式路虔跽既至升堂屏氣拜手
禮稽度玄靈而無公出享獻之薦欽因春饗
驗乃敢承祀餘胙賦賜刊石勒銘并列本奏
時長史廬江舒李謙敬讓五官掾魯孔暢功
石孔讚副掾孔綱故尚書孔立元世河東大
吏無大小空府竭寺咸俾來觀并畔官文學
律八音克諧蕩邪反正奉爵稱壽相樂終日

东汉《史晨后碑》局部

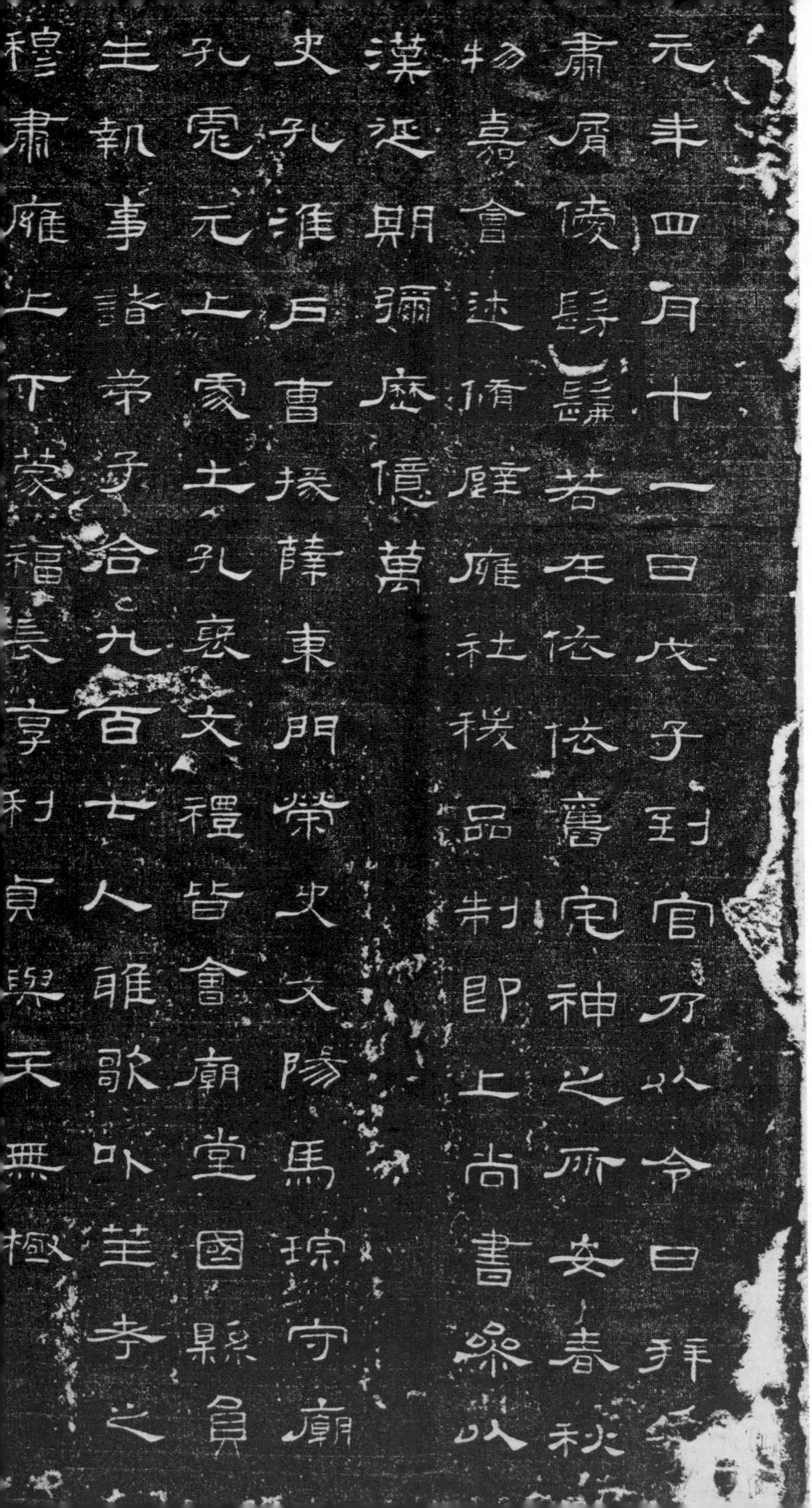
元年四月十一日戊子到官乃以令日拜
肅屑僾髣髴若在依依舊宅神之所安春秋
物嘉會述脩壁廱社稷品制即上尚書參以
漢延期彌歷億萬
史孔淮戶曹掾薛東門榮史文陽馬琮守廟
孔彪元上處士孔褒文禮皆會廟堂國縣員
生執事諸弟子合九百七人雅歌吹笙考之
穆肅廱上下蒙福長享利貞與天無極

东汉《史晨后碑》局部

恐縣吏斂民侵擾百
夫子
車馬

玄靈

長

謙敬讓

北魏《张猛龙碑》（翻刻）

《张猛龙碑》全称《魏鲁郡太守张府君清颂之碑》。此碑立于北魏正光三年(522年)，碑上无撰书人姓名。书体为楷书。现藏于山东曲阜汉魏碑刻陈列馆之内。

《张猛龙碑》碑高280厘米，宽123厘米，其中碑身高153厘米，宽87厘米，碑额高44厘米，宽40厘米。碑额三行12字。碑阳26行，满行46字，末四行为题名年月，主要赞颂鲁郡太守张猛龙兴办学校等功绩德行；碑阴12列题名，每列2行至22行不等，共156行，记立碑关系诸人的官名姓氏等。《张猛龙碑》的书法艺术风格，即险绝峻逸，又浑穆雍容；既奇趣灵动，又古朴典雅。通于齐整中求庄和，庄和中求变化，自然流畅，逸气横生。该碑是北魏碑刻中最享盛誉的作品，为精严雅正书风的代表。

《张猛龙碑》的笔法大致可以归纳为以下四点：1. 笔法主要基调是方圆兼备，以方笔为主。2. 少数字近方少圆，点画较为方博。3. 少数字近圆少方，点画以提为主，提中有顿。4. 部分字有行书笔意。

《张猛龙碑》以方笔为主，方、折果敢迅疾，意趣横生，笔处棱角分明，笔画上表现了力的强度；气质上豪健泼辣，浑劲厚实。亦用圆笔，圆笔凝重端稳，气势雄强，笔锋雄强敦厚，潇洒自然，创造了一种天真活泼，激越昂扬的意境。

以下是对于《张猛龙碑》典型用笔的简要分析：

一、点法

魏碑中的点画，凡点必侧，不是向左倾，就是向右倾，《张猛龙碑》中的点画，虽以方笔为主，但在点画的运用上，亦合乎“侧锋峻落，回锋收笔”的书法美学原则。

二、横

《张猛龙碑》的横画，以方横为主，亦有圆者。横画沉着厚重，气势雄浑，符合当时北朝人粗犷的性格特点。起笔有藏有露，变化多端，其基本写法为逆锋起笔向右折，竖下笔，截成方头，然后再往右行，行至末端稍提笔，顿笔，然后，向左回锋收笔。《张猛龙碑》最富有特点的横画便是左低右高之势，横画起笔或圆或方，起笔角度多变；横画向右上方倾斜，呈俯仰之势；横画重叠，却各具姿态，无一雷同。如“辞”字：“舌”部首笔露锋竖切取侧势，然后捻管外旋，笔毫由侧锋转为中锋，至尾端提锋收笔。次笔，藏锋入笔，体态向右上方倾斜，方圆结合，中实内涵。“辛”部，横画较密集，长短横交错，用笔方法大同小异，但却通过粗细和体式的变化，安排得浑然天成，妙趣盎然。

三、竖

《张猛龙碑》中竖画的形态主要有两种，一是垂露，二是悬针。笔锋先由下而上逆行，顿成方笔；稍提笔，中锋向下运行，至末端顿笔，回锋向上收笔；悬针与垂露的差别主要是收笔的动作，一是笔回，二是意回。

四、撇

《张猛龙碑》中“撇”的形态有很多种，主要有短撇、长腰撇、竖撇、回锋撇，等等。此碑的典型撇法是长撇，具有飘逸多姿、曲中尽美的特色。起笔或方切或圆转，方圆富于变化；翻锋转入中锋行笔，略有弯意，笔意自然；至收笔处笔锋稍停，在向左强力撇出。如“春”字的撇画，较方厚，逆锋先向右上，顿笔后回转笔锋向左下方撇出，要中锋行笔。撇画较长，笔画富有变化，显得强而有力。

五、捺

《张猛龙碑》中的捺画，笔势开张，其形态呈一波三折，其关键处是在笔锋行至捺根部位时。起笔或藏于前一笔画之中，或切锋起笔；捺画较平直，少弧度；收笔形态多变，重按撇出，呈方切之态，或转笔回锋，向左上收笔，形方亦圆。如"之"字的捺画，竖切露锋起笔，著力过笔涩向右下，至尾端，笔尽势收，气势逆回有力。

六、钩

《张猛龙碑》中钩法形态多变，或方劲有力或呈外方内圆之态；笔法丰富，或提或按，或抢或蹲，出钩方向也不尽相同。书写方法为出钩前要蓄势，然后顺势捻管调锋剔出，力量凝聚在尖端，给人以键、锐之感。

《张猛龙碑》线条爽朗、劲健，线条在笔者的书写中运动，再加上技法的巧妙运用，运动在不规则中震颤，线条的轮廓戥呈现出微小的起伏变化，赋予了线条自己的生命力。《张猛龙碑》工整而不呆板、清逸而不浮华、秀雅而不媚俗，属于写刻双能的难得碑版。

由于是碑刻的原因，《张猛龙碑》的线条挺立，如长刀大戟，可口锋利，大多都是斩钉截铁的方形起笔，线条挺立，刚硬稳健，但是比起前期的造像记，从《张猛龙碑》身上已经可见南北的融合，逐渐趋向于秀逸了，从稳健的线条中，能看出撇捺的秀美的弧度，可见已经融入了南方帖学的笔意，不再像前期那么的生硬。

在结体上，其一，整个碑刻布局安排自然，疏密有度。《张猛龙碑》字形的疏密是由笔画的粗细变化形成的。魏碑自隶书演变而来，而隶书在汉代形成，从汉代的书法、瓦当，印章中都可以看出，随字形结构的疏密程度来安排笔画，可以看出分配并不均匀。邓石如形容这类字结体为“字画疏处可走马，密处不使透风。”其二，主次错落相应，布白虚实结合。《张猛龙碑》中最突出的地方和隶书相同，便是横画与撇捺，竖线相对横画与撇捺来说较收敛一些。有些竖线，例如“有”这个字的悬针竖划也为长而挺拔之笔，但纵观整个刻石布局，并不是主流。主笔是一个字的突出炫熠之处。《张猛龙碑》之所以能有细密之妙，正是因为它放得开、收得住，也就是富有大胆放疏之处。大胆而又巧妙地布局，才能于虚实之中从生态势。如“节”字右上的大块布白，使整个字内紧外收，赋予字以一种特殊的生命之美。其三，结字错落生趣。《张猛龙碑》虽体势欹侧，但统一性很强。疏密变化为求体势之美，而错落变化为的是打破常规法度，求的是一种“丑”美。这也是魏碑的共同之美。如“露”字的上半部分是向左错位，“侍”字下竖钩与正常写法相比是向左错位的变化手法。几个字都为左上右下的变化之势，更夸张的字如“归”字的下一横掠笔更为夸张。这种变化方式在洛阳时期的楷书中时常见到。《张猛龙碑》中蕴含着很浓厚的篆隶的味道，北魏石刻有很多的书者，工匠随意的增减笔画。通过《张猛龙碑》就不难看出魏碑中字形纷繁，异字连篇。

《张猛龙碑》的章法形式也迥异于其他同时期的碑版、墓志等书法作品。墓志、造像由于书写空间的方正、狭小，故而多有界格，字距、行距较为均匀、齐整。章法形式上给人以规范整肃之感。而《张猛龙碑》的形质较大，通篇气势恢宏，章法上讲求行距大于字距，注重纵行，不拘横列，势取纵式，是北魏书法作品中较为独特的章法风格。在行与行、字与字之间，注意左顾右盼、疏密有致，“阴阳调和”，有韵律感鲜明、跃动感强烈的艺术效果。

——以上摘录于樱桃曲阜孔庙研究院书法课笔记

八世祖軌晉惠帝永[illegible]使持節安西將軍護羌校尉涼
州刺史平西將軍西海晉昌金城[illegible]武威[illegible]郡太守遂家武威高
涼[illegible]勇才奉州治中[illegible]西海[illegible]三郡太守還朝[illegible]
二郡太守父[illegible]生[illegible]治[illegible]白[illegible]
將露以僕芳松[illegible]
膚無郭郭巳爰[illegible]齊湛[illegible]運[illegible]蒙韶人[illegible]年[illegible]明
傾乾露唯[illegible]神[illegible]溫[illegible]滑曉人家泰家負致眷不許將運
死脫時當[illegible]無士[illegible]海[illegible]遇人孫風[illegible]士令譽日郡君
迂以君蔭如此德宣[illegible]歷[illegible]之年除魯郡太[illegible]治
日是使學校起脩味[illegible]清學表柔勸讓[illegible]登人語觀
待騐等春成其月[illegible]遂令講之善再[illegible]閏里來蘇
銘名位未[illegible]之[illegible]合[illegible]之[illegible]比[illegible]雲魚之
方我焉[illegible]民[illegible]任[illegible]好賞恣容儀逸
之能式聞[illegible]性[illegible]辟[illegible]
刀軒冤周[illegible]列[illegible]言秀月起晉冠蔚神開[illegible]昭[illegible]
若雪[illegible]天心乃吞潁光王闕晃鐵[illegible]
巻溫帝[illegible]之[illegible]之文豐
達禮睛風教[illegible]

北魏《张猛龙碑》

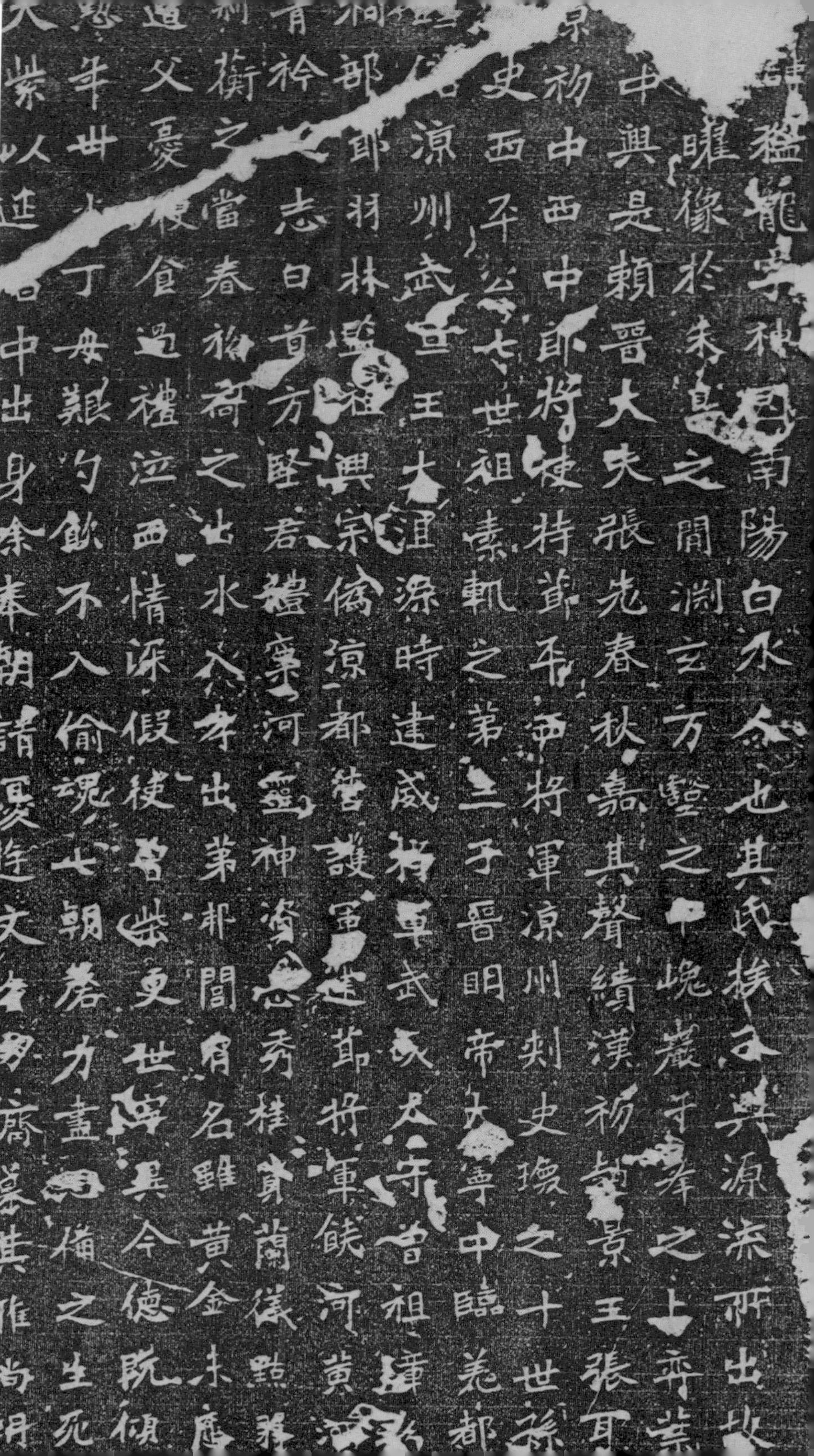
諱猛龍字神冏南陽白水人也其氏族分興源流所出故
曜像於朱鳥之間淵玄万鑒之中晚巖于岸之上弈葉
中興是賴晉大夫張老春秋嘉其聲績漢初趙景王張耳
初中西中郎將使持節平西將軍涼州刺史瓊之十世孫
史西平公七世祖諱軌之第三子晉明帝太寧中臨羌都
涼州武宣王大沮渠時建威將軍武威太守曾祖璋
部郎羽林監祖興宗偽涼都營護軍建節將軍饒河黃
衿志白首方堅君稟河靈神資岳秀桂質蘭儀點雅
衡之當春秋荷之北水入孝出第郡閭有名雖黃金未應
道父憂寢食過禮泣血情深假使曾參更世寧異今德既傾
年廿七丁母艱勺飲不入俞魂七朝磬力盡心備之生死
崇以延中出身除奉朝請優遊文省朋儕慕其雅尚朝

北魏《张猛龙碑》局部

備詳世錄不復具載

清高煥乎焉同宣

浮沉秦漢之間終莫躊

八世祖軌晉惠帝水

世祖軌晉惠帝水昌

使博崇安西將軍護

世□其後也魏明涼明

讽人咏其孝友九絹延

盛□之裔於帝皇之始猛星

君

□世一郡太守父松芳

二郡太守父

乾□唯祼坤無□

脱時當□□□

清晚人承家貪致泰不群

海涇退人抱風□玉

□□躬驰

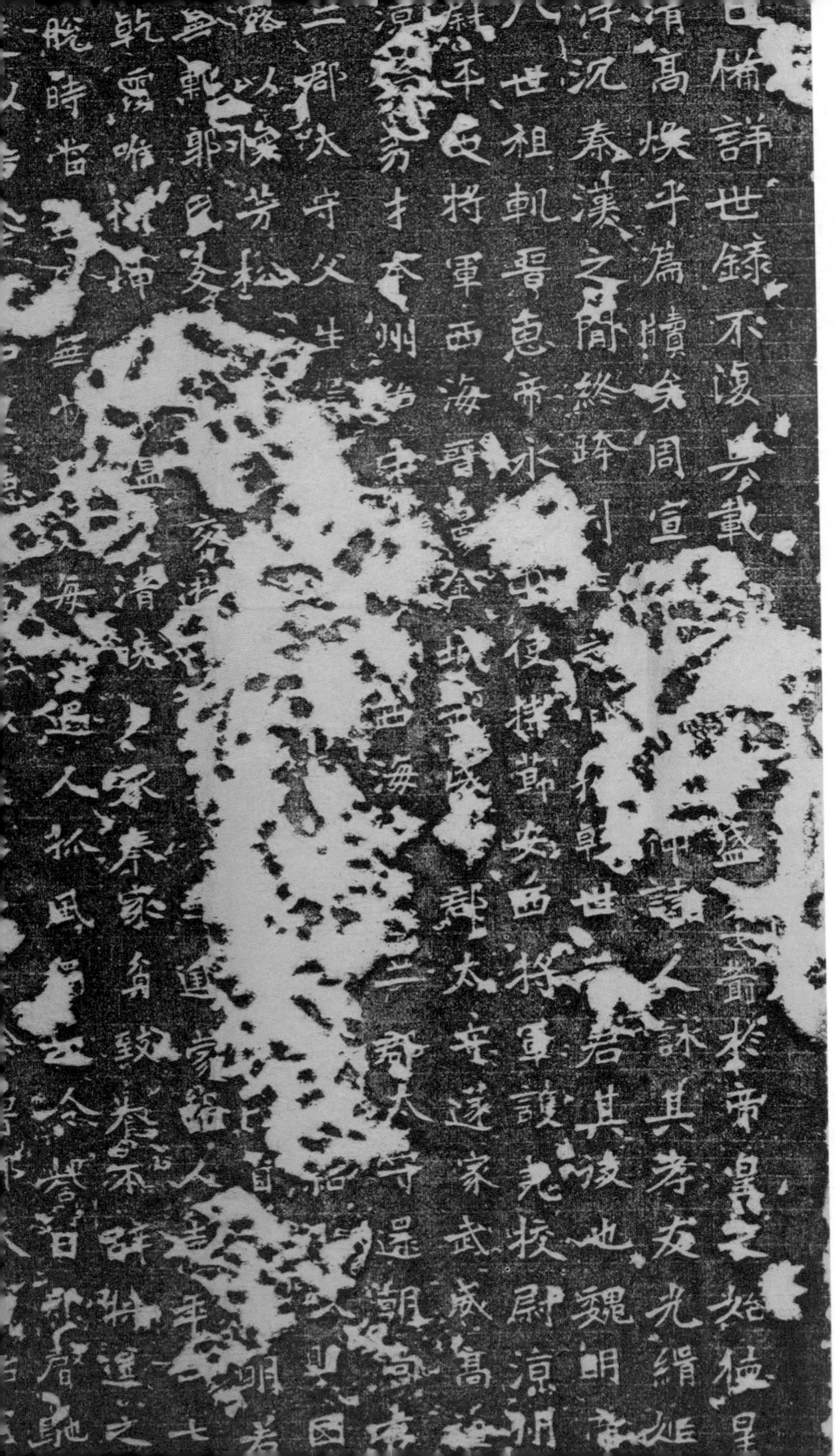

北魏《张猛龙碑》局部

北魏《张猛龙碑》局部

秀春
寻
万

如
歸

之
春秋令
特生死
水
有

清杨守敬："书法潇洒古淡，奇正相生，六代所以高出唐人者以此"。(《学书迩言》)

清包世臣："正书《张猛龙》足继大令，《龙藏寺》足继右军。"(《艺舟双楫》)

清康有为："后世称碑之盛者，莫若有唐，名家杰出，诸体并立。然自吾观之，未若魏世也。唐人最讲结构，然向背往来伸缩之法，唐世之碑，孰能比《杨翚》、《贾思伯》、《张猛龙》也！其笔气浑厚，意态跳宕；长短大小，各因其体；分期分批行布白，自妙其致；寓变化于整齐之中，藏奇崛于方平之内，皆极精彩。作字功夫，斯为第一，可谓人巧极而天工错矣。""《张猛龙》为正体变态之宗。如周公制礼，事事皆美善。""《张猛龙碑》结构为书家之至，而短长俯仰，各随其体。吾于正书取《张猛龙》，各极其变化也。"(《广艺舟双楫》)

清沈曾植："光绪中叶，学者始重《张猛龙碑》。然学如牛毛，成如麟角。北碑惟此骨韵俱高，敛分入篆。信本(欧阳询)晚发瓣香，始皆在此。醴泉(欧阳询《九成宫醴泉铭》)的近而度不和，化度(欧阳询《化度寺碑》)骨近而气不雄，信手造诣不可几也。""风力危峭，奄有钟梁胜景，而终幅不染一分笔，与北碑他刻纵意抒写者不同。"(《海日楼札丛》)

启功:“真书至六朝，体势始定。着重羲献之后，南如贝义渊，北如朱义章、王远，偶于石刻见其姓名。其他巨匠，淹没无闻者，不知凡几，盖当时风尚，例不书名也。《张猛龙碑》在北朝诸碑中，允为冠冕。龙门诸记，豪气有余，而未免于粗犷逼人；芒山诸志，精美不乏，而未免于千篇一律。惟此碑骨骼权奇，富于变化，今之形，古之韵，备于其间，非他刻所能比拟。”(《论书绝句》)

王羲之《兰亭集序》（神龙本）

王羲之（303—361年东晋）世称“书圣”。东晋书法家，字逸少，原籍琅玡临沂（今属山东），后迁居山阴（今浙江绍兴），著名书法著作有《兰亭集序》等。晚年隐居剡县金庭，历任秘书郎、宁远将军、江州刺史。后为会稽内史，领右将军，人称“王右军”、“王会稽”。其子王献之书法亦佳，世人合称为“二王”。因此，《书谱》概括为：“汉魏有锺、张之绝，晋末称二王之妙”。四人被称为古代书家“四贤”。

王羲之的《兰亭集序》为历代书法家所敬仰，被誉作“天下第一行书”。王兼善隶、草、楷、行各体，精研体势，心摹手追，广采众长，备精诸体，冶于一炉，摆脱了汉魏笔风，自成一家，影响深远。其书法平和自然，笔势委婉含蓄，遒美健秀，世人常用曹植的《洛神赋》中：“翩若惊鸿，婉若游龙，荣曜秋菊，华茂春松。仿佛兮若轻云之蔽月，飘飖兮若流风之回雪”来赞美王羲之的书法之美。传说王羲之小的时候苦练书法，日久，用于清洗毛笔的池塘水都变成墨色。后人评曰：“飘若游云，矫若惊龙”“龙跳天门，虎卧凤阁”“天质自然，丰神盖代”。有关于他的成语有入木三分、东床快婿等，王羲之书风最明显特征是用笔细腻，结构多变。

王羲之书法影响了一代又一代的书苑。唐代的欧阳询、虞世南、褚遂良、薛稷、和颜真卿、柳公权，五代的杨凝式，宋代苏轼、黄庭坚、米芾、蔡襄，元代赵孟頫，明代董其昌，这些历代书法名家对王羲之心悦诚服，因而他享有“书圣”美誉。

《兰亭集序》原文

永和九年，岁在癸丑，暮春之初，会于会稽山阴之兰亭，修禊事也。群贤毕至，少长咸集。此地有崇山峻岭，茂林修竹，又有清流激湍，映带左右，引以为流觞曲水，列坐其次。虽无丝竹管弦之盛，一觞一咏，亦足以畅叙幽情。

是日也，天朗气清，惠风和畅。仰观宇宙之大，俯察品类之盛，所以游目骋怀，足以极视听之娱，信可乐也。

夫人之相与，俯仰一世。或取诸怀抱，悟言一室之内；或因寄所托，放浪形骸之外。虽趣舍万殊，静躁不同，当其欣于所遇，暂得于己，快然自足，不知老之将至；及其所之既倦，情随事迁，感慨系之矣。向之所欣，俯仰之间，已为陈迹，犹不能不以之兴怀，况修短随化，终期于尽！古人云：“死生亦大矣。”岂不痛哉！

每览昔人兴感之由，若合一契，未尝不临文嗟悼，不能喻之于怀。固知一死生为虚诞，齐彭殇为妄作。后之视今，亦犹今之视昔，悲夫！故列叙时人，录其所述，虽世殊事异，所以兴怀，其致一也。后之览者，亦将有感于斯文。

《兰亭集序》译文

永和九年，时在癸丑之年，三月上旬，我们会集在会稽郡山阴城的兰亭，为了做禊事。众多贤才都汇聚到这里，年龄大的小的都聚集在这里。兰亭这个地方有高峻的山峰，茂盛的树林，高高的竹子。又有清澈湍急的溪流，辉映环绕在亭子的四周，我们引溪水作为流觞的曲水，排列坐在曲水旁边，虽然没有演奏音乐的盛况，但喝点酒，作点诗，也足够来畅快叙述幽深内藏的感情了。

这一天，天气晴朗，和风温暖，仰首观览到宇宙的浩大，俯瞰观察大地上众多的万物，用来舒展眼力，开阔胸怀，足够来极尽视听的欢娱，实在很快乐。

人与人相互交往，很快便度过一生。有的人从自己的情趣思想中取出一些东西，在室内（跟朋友）面对面地交谈；有的人通过寄情于自己精神情怀所寄托的事物，在形体之外，不受任何约束地放纵地生活。虽然各有各的爱好，安静与躁动各不相同，但当他们对所接触的事物感到高兴时，一时感到自得，感到高兴和满足，竟然不知道衰老将要到来。等到对得到或喜爱的东西已经厌倦，感情随着事物的变化而变化，感慨随之产生。过去所喜欢的东西，转瞬间，已经成为旧迹，尚且不能不因为它引发心中的感触，况且寿命长短，听凭造化，最后归结于消灭。古人说:“死生毕竟是件大事啊。”怎么能不让人悲痛呢？

每当看到前人所发感慨的原因，其缘由像一张符契那样相和，总难免要在读前人文章时叹息哀伤，不能明白于心。本来知道把生死等同的说法是不真实的，把长寿和短命等同起来的说法是妄造的。后人看待今人，也就像今人看待前人，可悲呀。所以一个一个记下当时与会的人，录下他们所作的诗篇。纵使时代变了，事情不同了，但触发人们情怀的原因，他们的思想情趣是一样的。后世的读者，也将对这次集会的诗文有所感慨。

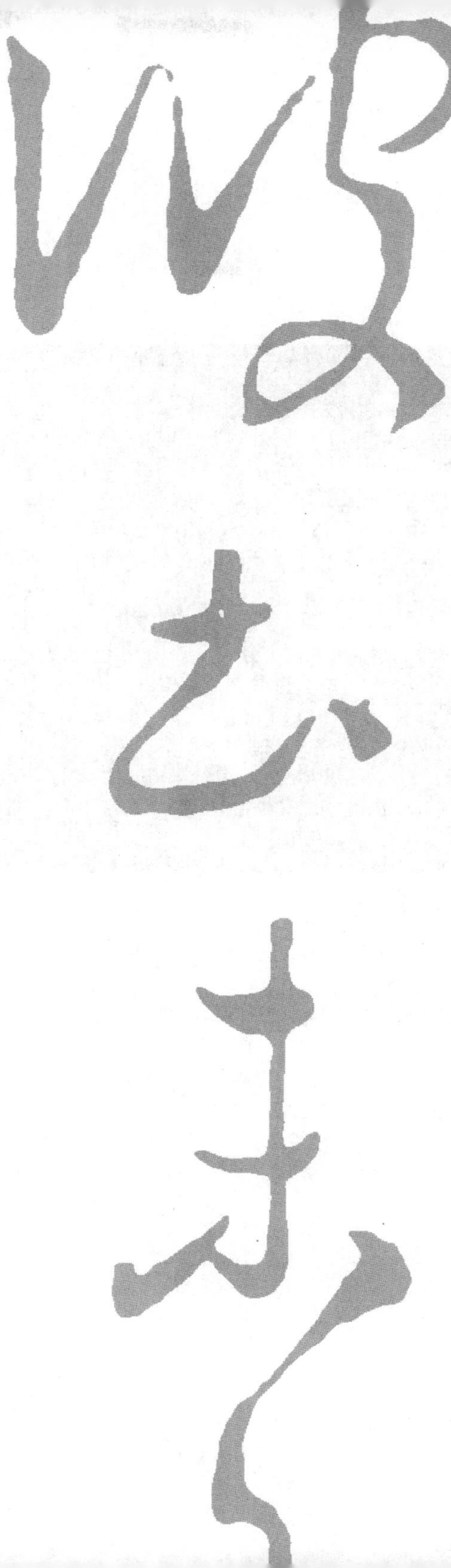

知老之將至及其所之既惓
隨事遷感慨係之矣向之所
欣俛仰之間以為陳迹猶不
能不以之興懷況脩短隨化終
期於盡古人云死生亦大矣豈
不痛哉每攬昔人興感之由
若合一契未嘗不臨文嗟悼不
能喻之於懷固知一死生為虛
誕齊彭殤為妄作後之視今
由今之視昔悲夫故列
敘時人錄其所述雖世殊事
異所以興懷其致一也後之攬
者亦將有感於斯文
長樂許將熙寧丙辰
孟冬開封府西齋閱
太上皇帝之寶

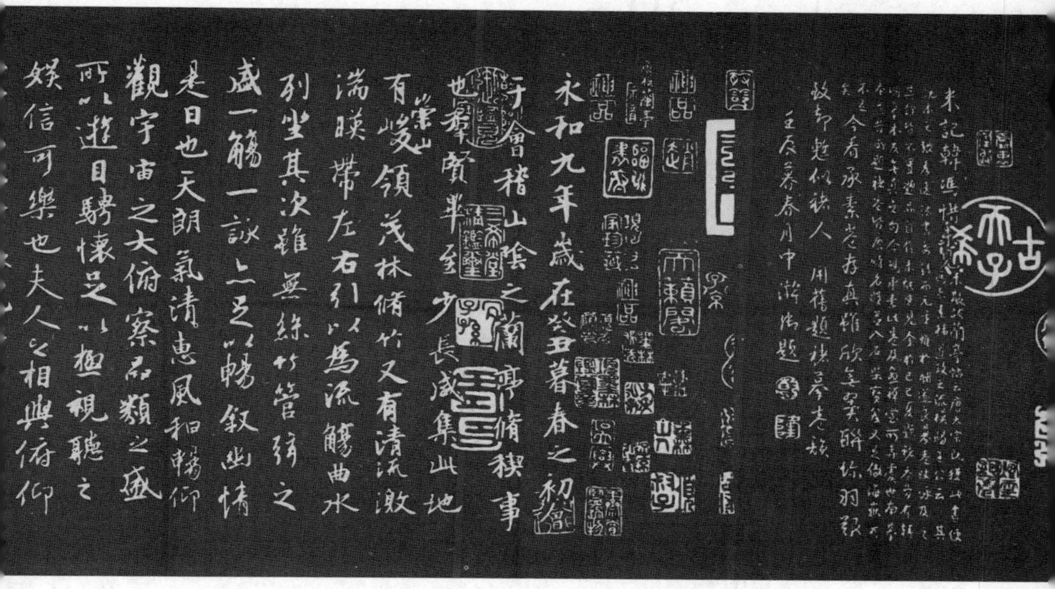
永和九年歲在癸丑暮春之初
會于會稽山陰之蘭亭脩禊事
也羣賢畢至少長咸集此地
有崇山峻領茂林脩竹又有清流激
湍暎帶左右引以爲流觴曲水
列坐其次雖無絲竹管弦之
盛一觴一詠亦足以暢敘幽情
是日也天朗氣清惠風和暢仰
觀宇宙之大俯察品類之盛
所以遊目騁懷足以極視聽之
娛信可樂也夫人之相與俯仰

王羲之《兰亭集序》

是日也天朗氣清惠風和暢仰
觀宇宙之大俯察品類之盛
所以遊目騁懷足以極視聽之
娛信可樂也夫人之相與俯仰
一世或取諸懷抱悟言一室之內
或因寄所託放浪形骸之外雖
趣舍萬殊靜躁不同當其欣

永和九年歲在癸丑暮春之初會
于會稽山陰之蘭亭脩稧事
也羣賢畢至少長咸集此地
有崇山峻領茂林脩竹又有清流激
湍暎帶左右引以爲流觴曲水
列坐其次雖無絲竹管弦之

能喻之於懷固知一死生為虛
誕齊彭殤為妄作後之視今
猶今之視昔悲夫故列
敘時人錄其所述雖世殊事
異所以興懷其致一也後之攬
者亦將有感於斯文

於所遇暫得於己快然自足不
知老之將至及其所之既倦情
隨事遷感慨係之矣向之所
欣俛仰之間以為陳迹猶不
能不以之興懷況脩短隨化終
期於盡古人云死生亦大矣豈
不痛哉每攬昔人興感之由

有感於斯文

天朗氣清惠風和暢
觀宇宙
可樂也

不生不滅不垢不淨不增不減

觀自在

色受想行識

《十七帖》是王羲之著名的草书代表作，因卷首由“十七”二字而得名。原墨迹早佚，现传世《十七帖》是刻本。唐张彦远《法书要录》记载了《十七帖》原墨迹的情况:“《十七帖》长一丈二尺，即贞观中内本也，一百七行，九百四十三字。是煊赫著名帖也。太宗皇帝购求二王书，大王书有三千纸，率以一丈二尺为卷，取其书迹与言语以类相从缀成卷。”

唐宋以来，《十七帖》一直作为学习草书的范本，被书家奉为“书中龙象”。它在草书中的地位可以相当于行书中的《怀仁集王羲之书圣教序》。

此帖为一组书信，据考证是写给他朋友益州刺史周抚的。书写时间从永和三年到升平五年(公元347-361年)，时间长达14年之久，是研究王羲之生平和书法发展的重要资料。清人包世臣有《十七帖疏证》一文可以参考。

最有趣的事，这里面我还找到了“樱桃”两字，出于书圣之手，甚是亲切。

樱桃

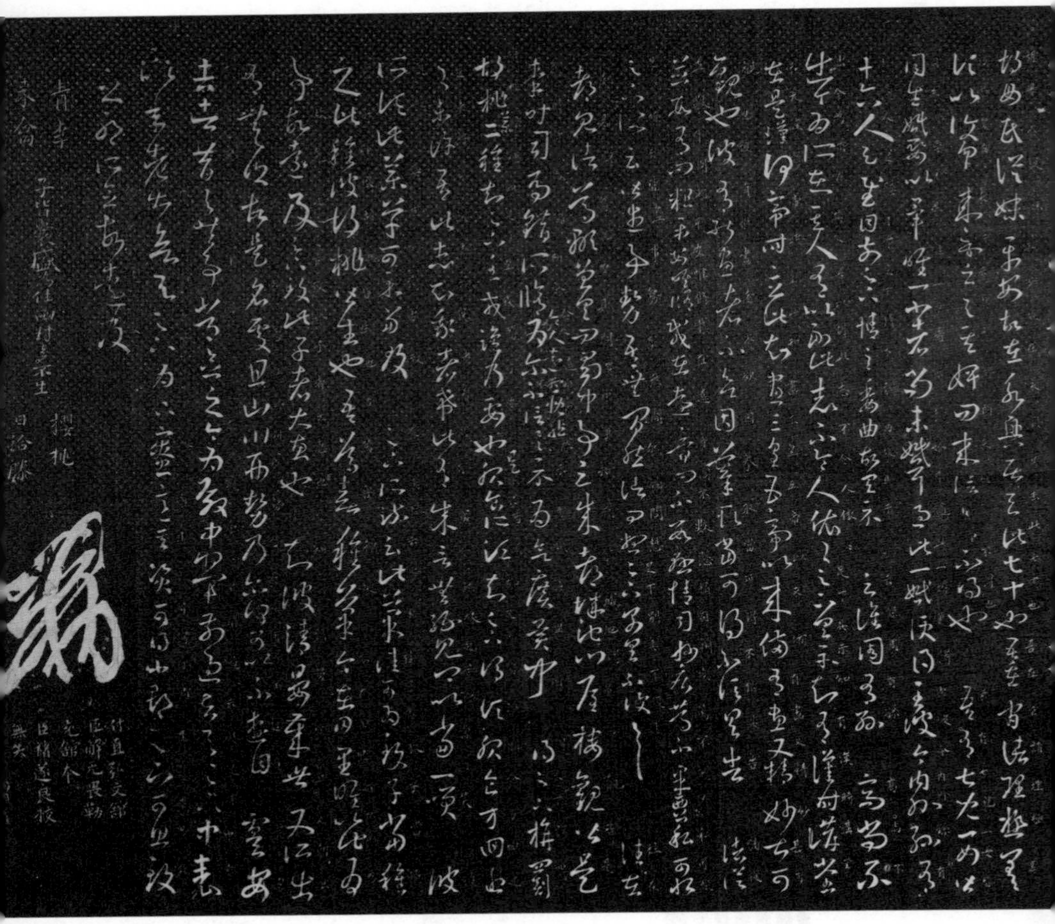

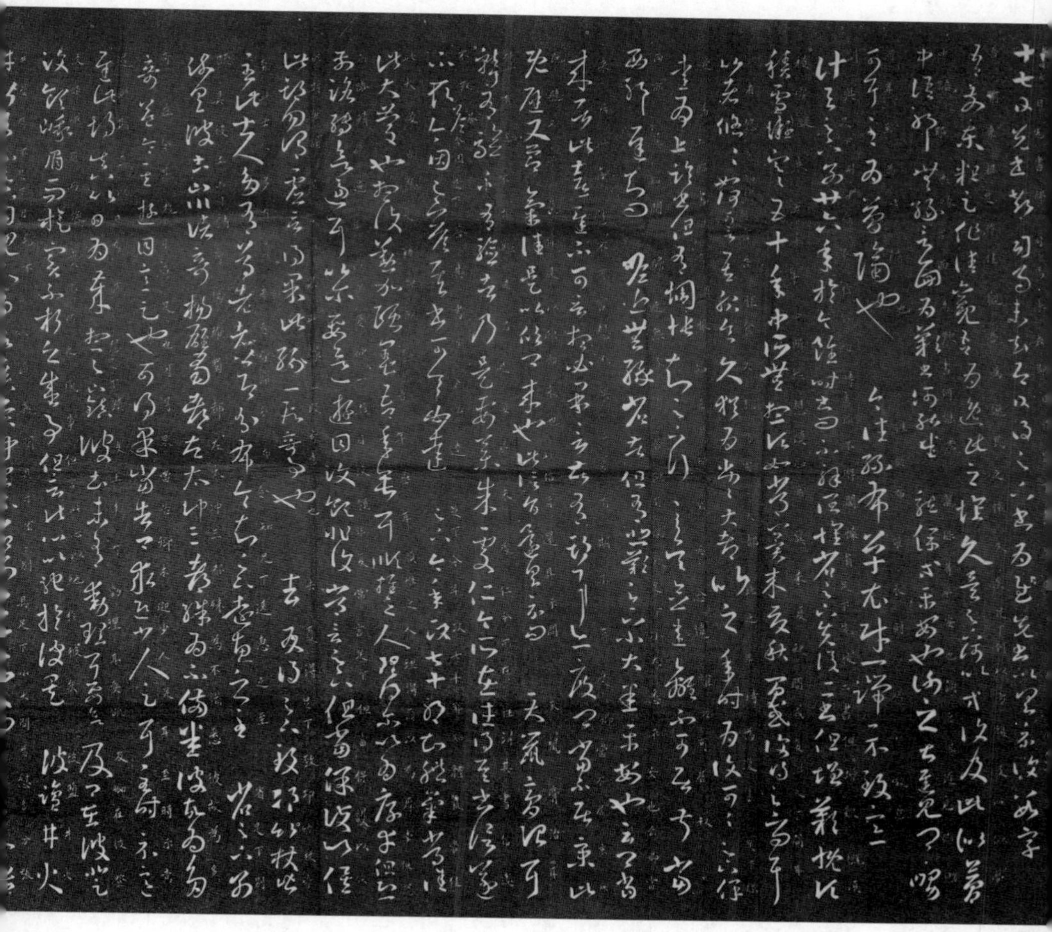

王羲之《十七帖》

不今因足下答其書可令必達足下今年政七十耶知體氣常佳
此大慶也想復勤加頤養吾年垂耳順推之人理得爾以為厚幸但恐
前路轉欲逼耳以爾要欲一遊目汶領非復常言足下但當保護以
俟此期勿謂虛言得果此緣一段奇事也去夏得足下致邛竹杖
皆至此士人多有尊老者皆即分布令知足下遠惠之至省足下
別疏具彼土山川諸奇揚雄蜀都左太沖三都殊為不備悉彼故為多
奇益令其遊目意足也可得果當告卿求迎少人足耳至時示
意遲此期真以日為歲想足下鎮彼土未有動理耳要欲及卿在彼
汶領峨眉而旋實不朽之盛事但言此心以馳於彼矣彼鹽
井火井皆有不足下目見不為欲廣異聞具示省別具足下小大問為慰多分
張念足下懸情武昌諸子亦多遠宦足下兼懷并數問不老婦頃疾篤

七日先書，郗司馬未去，即日得足下書為慰。先書以具，示復數字。
吾前東，粗足作佳觀。吾為逸民之懷久矣，足下何以等復及此，似
夢中語耶！無緣言面為嘆，書何能悉。龍保等平安也。謝之。甚遲見卿舅，可
耳。至為簡隔也。今往絲布單衣財一端，示致意。
計與足下別廿六年，於今雖時書問，不解闊懷。省足下先後二書，但增嘆慨。
頃積雪凝寒，五十年中所無。想頃如常，冀來夏秋間或復得足下問耳。
比者悠悠，如何可言。吾服食久，猶為劣劣。大都比之年時，為復可可。足下
保愛為上，臨書但有惆悵。知足下行至吳，念違離不可居，叔當
西耶？遲知問。瞻近無緣，省告，但有悲嘆。足下小大悉平安也。云卿當
來居此，喜遲不可言。想必果，言告有期耳。亦度卿當不居京

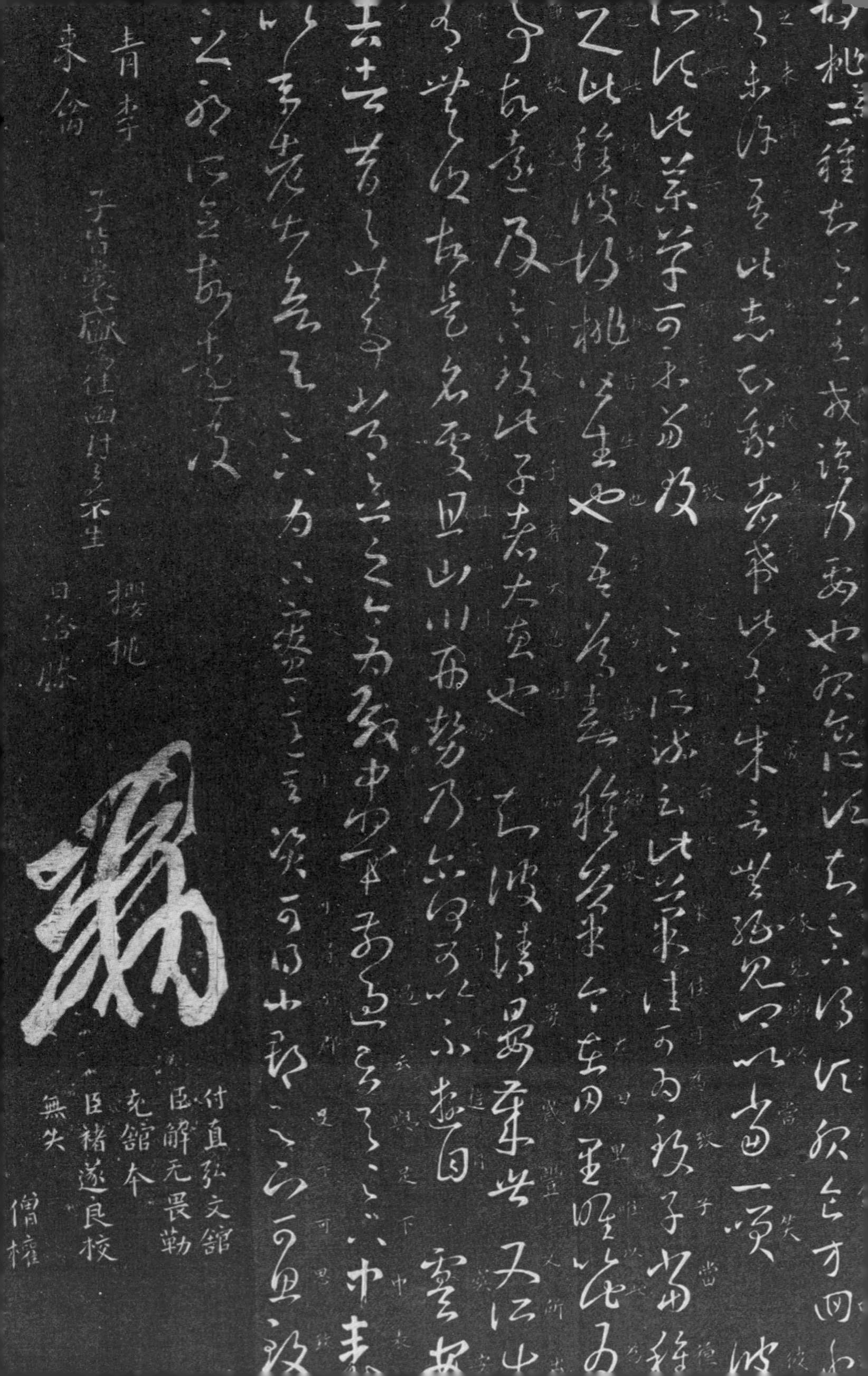

青李
來禽
子皆囊盛為佳函封多不生
櫻桃
日給藤
敕
付直弘文館
臣解无畏勒
充館本
臣褚遂良校
無失
僧權

下使還一一時州將桓公告慰情企足下數使命也謝無奕外任數書問無他
仁祖日往言尋悲酸如何可言嚴君平司馬相如揚子雲皆有後不
胡母氏從妹平安故在永興居去此七十也吾在官諸理極差
頃比復勿勿來示云與其婢問來信不得也吾有七兒一女皆
同生婚娶以畢唯一小者尚未婚耳過此一婚便得至彼今內外孫有
十六人足慰目前足下情至委曲故具示云譙周有孫高尚不
出今為所在其人有以副此志不令人依依足下具示知有漢時講堂
在是漢何帝時立此知畫三皇五帝以來備有畫又精妙甚可
觀也彼有能畫者不欲因摹取當可得不信具告諸從
並數有問粗平安唯修載在遠音問不數懸情司州疾篤不果西公私可恨
足下所云皆盡事勢吾無間然諸問想足下別具不復一一往在

米芾（1051—1107），自署姓名米或为芊，芾或为黻。北宋书法家、画家。祖籍安徽无为，迁居湖北襄阳，后曾定居润州（今江苏镇江）。天资高迈、人物萧散，好洁成癖。被服效唐人，多蓄奇石。书画自成一家。能画枯木竹石，时出新意，又能画山水，创为水墨云山墨戏，烟云掩映，平淡天真。善诗，工书法，精鉴别。擅篆、隶、楷、行、草等书体，长于临摹古人书法，达到乱真程度。宋四家之一。

《动静交相养赋》是唐代白居易创作的一篇散文。

《动静交相养赋》原文

居易常见今之立身从事者，有失于动，有失于静，斯由动静俱不得其时与理也。因述其所以然，用自敬遵，命曰《动静交相养赋》云：

天地有常道，万物有常性。道不可以终静，济之以动；性不可以终动，济之以静。养之则两全而交利，不养则两伤而交病。故圣人取诸震以发身，受诸复而知命。所以《庄子》曰“智养恬”，

《易》曰“蒙养正”者也。吾观天文，其中有程。日明则月晦，日晦则月明。明晦交养，昼夜乃成。吾观岁功，其中有信。阳进则阴退，阳退则阴进。进退交养，寒暑乃顺。且躁者本于静也，斯则躁为民，静为君。以民养君，教化之根，则动养静之道斯存。且有者生于无也，斯则无为母，有为子。以母养子，生成之理，则静养动之理明矣。所以动之为用，在气为春，在鸟为飞。在舟为楫，在弩为机。不有动也，静将畴依？所以静之为用，在虫为蛰，在水为止。在门为键，在轮为棍。不有静也，动奚资始？则知动兮静所伏，静兮动所倚。吾何以知交养之然哉？以此有以见人之生于世，出处相济，必有时而行，非匏瓜不可以长系；人之善其身，枉直相循，必有时而屈，故尺蠖不可以长伸。嗟夫！今之人知动之可以成功，不知非其时，动亦为凶；知静之可以立德，不知非其理，静亦为贼。大矣哉！动静之际，圣人其难之。先之则过时，后之则不及时。交养之间，不容毫厘。故老氏观妙，颜氏知几。噫！非二君子，吾谁与归。

為籠在輪轂坭不有靜也必窮竇資
娴則知動与靜乎伏勒乎動乎俦吾
何以知交養之延哉以幽有以見人之出
於世出處相濟也有時而後行非魏
瓜不可以長繫人之善其身桎直相尋
此有時窮坟尺蠖哥堂伸誌夫勺
之人知動之可歲功不知非其時壽
光蒿山知靜之可以立德不知非其理
靜亦為賊大矣哉動靜之際聖人
其難之先乎則過時後之則不及時
交養之間不究寫驚故老氏觀妙頷
民知發塔非二君子矣雖已歸崇
寧三年仲春月既望承議郎行
書學博士賜緋魚袋襄陽米芾
元章書于寶晉齋中

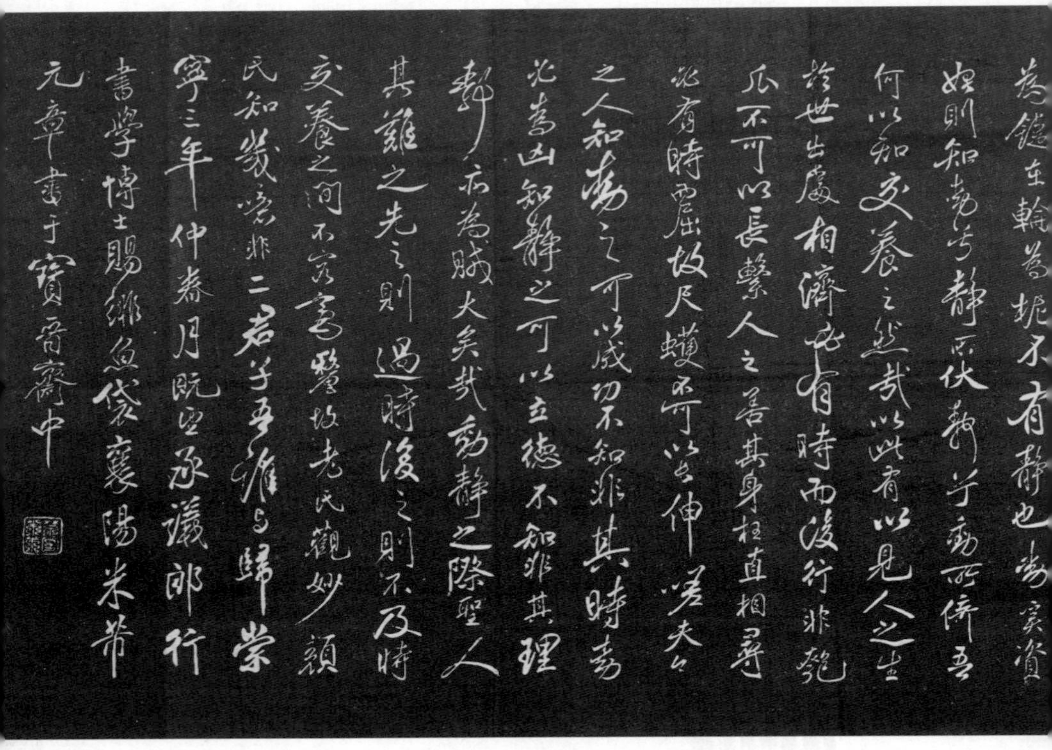

動靜交相養賦

天地有常道，萬物有常性。道不可以終
靜，養之以動；性不可以窜動，養之以靜。
養之則兩全而交傷，不養之則兩傷而交
病。故聖人示諸震以藏身，受以渡而知
命。而莊子曰智養恬，易曰蒙養正者
也。至觀天文，其中有程，曰明則月晦日
晦則月明，睎交養，晝夜乃咸至。
觀歲功，其中有位，陽進則陰退，陽
退則陰進，進退交養，寒暑乃順且躋
者本于靜也。斯則動養靜為民，靜為
君。以民養君，教化之根，則動養靜之
道矣。存且有壽生於無也，斯為
無為母，有為子。以母養子，生成之
理則靜，美壽之義明矣，所以動之

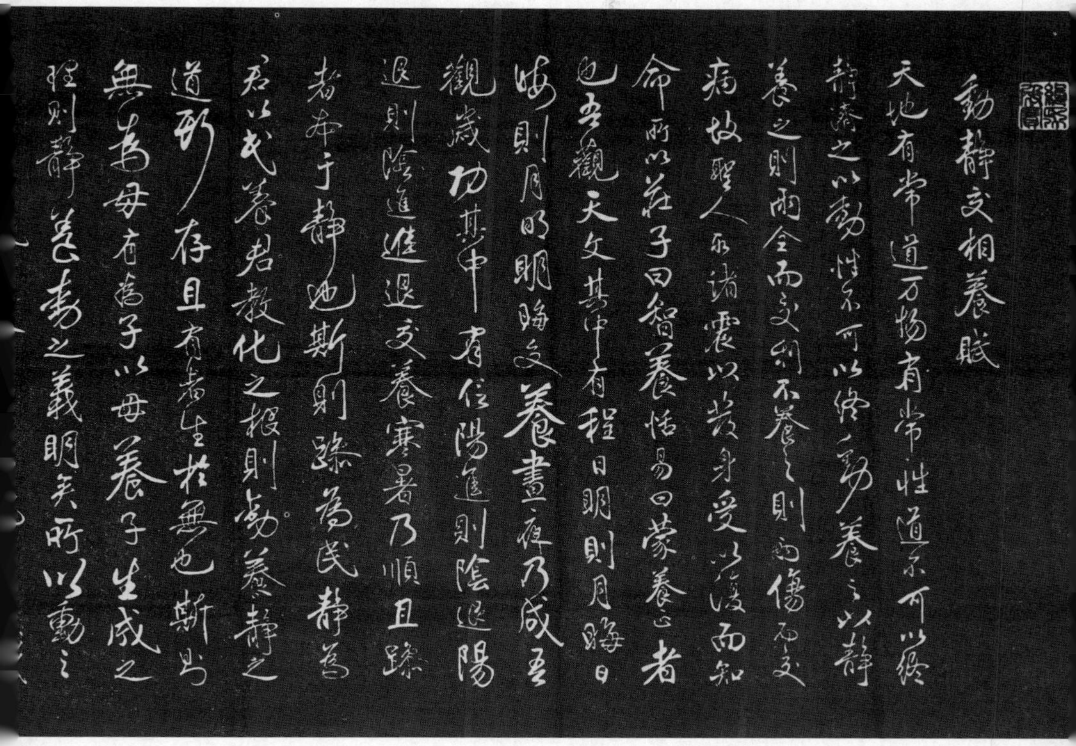

米芾《动静交相养赋》

退則隱[illegible]進退之[illegible][illegible]實[illegible][illegible]川上[illegible]

者存乎靜也斯則躁為民靜為

君以成養君教化之根則為養靜之

道所存且有者生於無也斯則

無為母有為子以母養子生成之

理則靜為動之義明矣所以動之

為用在氣為春在鳥為飛在身識

在物為機不有動也靜將疇依所

動靜交相養賦
天地有常道萬物有常性道不可以終
靜濟之以動性不可以終動養之以靜
養之則兩全而交利不養之則兩傷而交
病故聖人取諸震以發身受以復而知
命所以莊子曰智養恬易曰蒙養正者
也吾觀天文其中有程日明則月晦日
晦則月明明晦交養晝夜乃成吾

靜亦為賊大矣哉動靜之際聖人
其難之先之則過時後之則不及時
交養之間不容毫髮故老氏觀妙顏
氏知幾噫非二君子孰與歸崇
寧三年仲春月既望承議郎行
書學博士賜緋魚袋襄陽米芾
元章書于寶晉齋中

為鐻在輪為椎不有靜也動實資
是則知動乎靜而伏靜乎動而倚吾
何以知文武之道哉以此有以見人之出
於世出處相濟也有時而後行非獨
柔不可以長繫人之善其身相尋
必有時屈故尺蠖不可以伸屈若夫以

黄庭坚《上苑诗帖》（传）

黄庭坚（1045年—1105年），字鲁直，号山谷道人，晚号涪翁，洪州分宁（今江西修水县）人。北宋知名诗人，乃江西诗派祖师。书法亦能树格，为宋四家之一。英宗治平四年（1067）进士。历官叶县尉、北京国子监教授、校书郎、著作佐郎、秘书丞、涪州别驾、黔州安置等。庭坚笃信佛教，亦慕道教，事亲颇孝，虽居官，却自为亲洗涤便器，亦为二十四孝之一，黄庭坚为苏门四学士之一，是江西诗派的开山祖师，生前与苏轼齐名。世称苏黄。著有《山谷词》。

紫氣

黄庭坚《上苑诗帖》

翠蓋龍旂出建章鶯啼
百囀柳初黃昆池冰泮三
山近阿閣花深九陌香徑
轉虹梁通紫極庭含玉樹
隱霓裳侍臣緩步隨鑾輅

黄庭坚擅长行书、草书，楷书也自成一家。学书尤为推崇王羲之《兰亭序》。其有一首赞颂杨凝式的诗可以说明他对《兰亭序》习练体会之深："世人尽学兰亭面，欲换凡骨无金丹。谁知洛阳杨风子，下笔便到乌丝栏。"这其中不能没有其对王羲之书法学习的深悟。

黄庭坚在上溯晋唐、学习前人经典书法时，对其影响最大的莫过于苏轼，可以说黄庭坚的手札小行书在很大程度上是学苏轼的。黄庭坚作为"苏门四学士"之一，不能不受苏轼书风的影响。在黄庭坚书论中，评东坡书颇多，且多为推崇备至者。

苏东坡不仅是黄庭坚文学上的老师和提携者，而且也是其书法的榜样。在黄庭坚题跋中，即反映出黄庭坚从苏轼处学习书法的一些消息，如"予与东坡俱学颜平原。然予手拙，终不近业"，又如"东坡此帖，甚似虞世南公主墓铭草。余尝评东坡善书乃其天性。往尝于东坡见手泽二囊，中有似柳公权、褚遂良者数纸，绝胜平时所作徐浩体字。又尝为余临一卷鲁公帖，凡二十纸，皆得六七，殆非学所能到"。

黄庭坚与苏轼相差八岁。二人交谊师友之间。从黄庭坚流传至今的行帮手札墨迹看，其撇捺开张、字形扁阔、字势向右上扬等，都明显表现出苏轼书法的特征，甚至有些夸张强调，唯嫌生涩，未有苏书圃熟也。而黄庭坚以禅悟书当与苏轼互为影响。如苏轼《祷雨帖》，笔意极似黄庭坚，特别是其末尾数字，从容娴雅，行笔松缓，几若黄庭坚代笔。从客观上看，黄庭坚与苏东坡是中国书法史上早于清代八百年超越唐代书风的笼罩而远溯先唐碑版或者说进行碑帖结合的书家。

张旭、怀素作草皆以醉酒进入非理性忘我迷狂状态，纵笼挥洒，往往变幻莫测、出神入化。黄庭坚不饮酒，其作草全在心悟，得益于其书外功的参悟，以意使笔。然其参禅妙悟，虽多理性使笔，也能大开大合，聚散收放，进入挥洒之境。而其用笔，相形之下更显从容娴雅，虽纵横跌宕，亦能行处皆留，留处皆行。黄庭坚所作《诸上座帖》等佛家经语诸草书帖，乃真得其妙理者。也正由此，黄庭坚开创出了中国草书的又一新境。

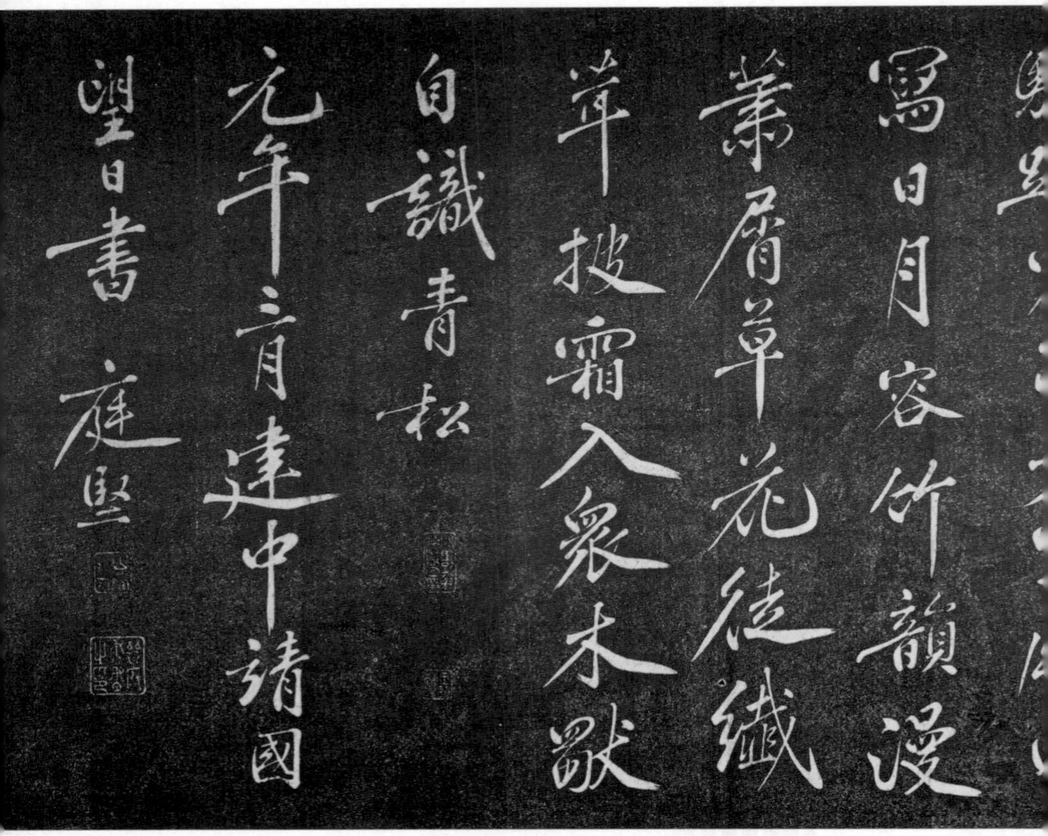

寫日月容竹韻漫
蒹層草花徒纖
萍披霜入衆木獨
自識青松
元年三月建中靖國
望日書　庭堅

千峰映碧湘真叟
此中藏餘不着
石嘑酱應倍笑
長楓桯楷酒甕鸛
風謌琴床弦故
忘機者斯人尚未忘

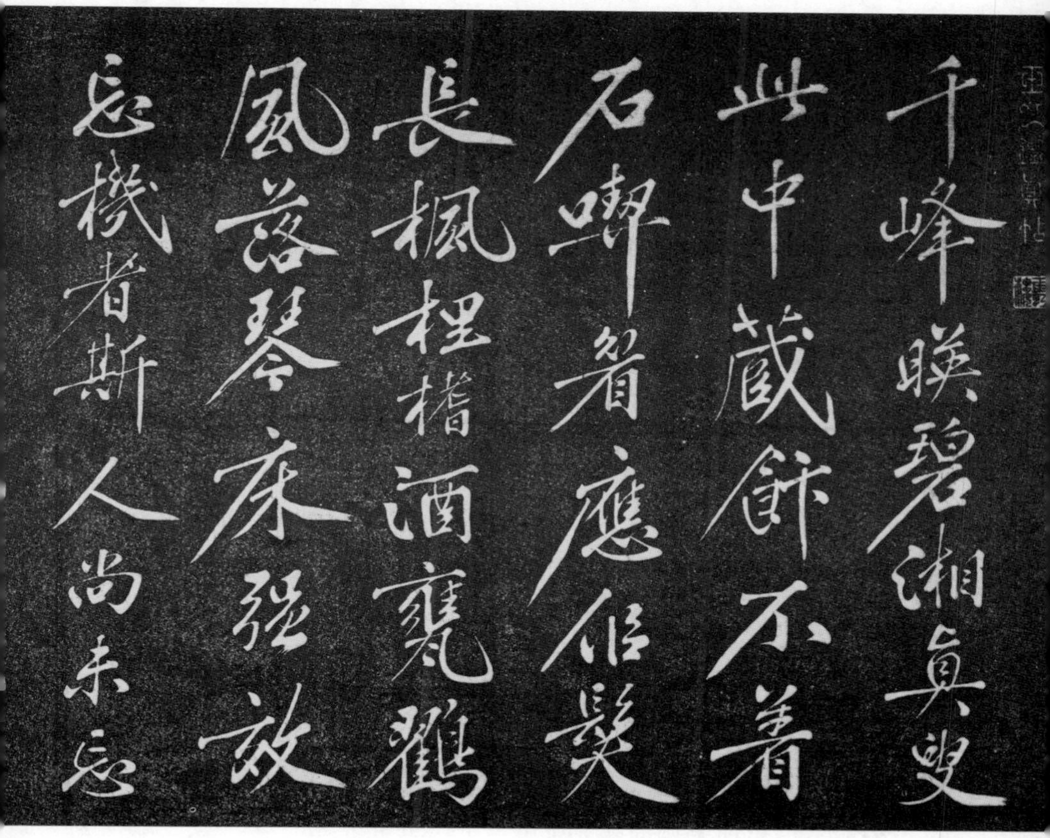

黄庭坚《千峰诗帖》

赵孟頫《胆巴碑》（刻本）

赵孟頫（1254—1322年），字子昂，号松雪，松雪道人，又号水精宫道人、鸥波，中年曾作孟俯，汉族，吴兴（今浙江湖州）人。元代著名画家，楷书四大家（欧阳询、颜真卿、柳公权、赵孟頫）之一。赵孟頫博学多才，能诗善文，懂经济，工书法，精绘艺，擅金石，通律吕，解鉴赏。特别是书法和绘画成就最高，开创元代新画风，被称为"元人冠冕"。他也善篆、隶、真、行、草书，尤以楷、行书著称于世。

《胆巴碑》全名为《大元敕赐龙兴寺大觉普慈广照无上帝师之碑》，赵孟頫奉敕书于元延佑三年(1316年)，纵33.6厘米 × 横166厘米，纸本，有乌丝栏。该帖通篇一气呵成，点画精纯，无一笔有懈怠之气。通篇基本为楷法，偶间行书写法，且上下血脉相连，自然流便，全是"二王"正脉。该帖因实用需要打有乌丝栏，但并不显字字独立，仍可看出血气相连。

其字形开张舒展，点画精到沉着、神完气足、萧散率真。从整篇来看，基本还是承继了"二王"正统的笔法，而在用笔上明显又多了沉着痛快之意。其结体多取法李北海书庄重沉实之意态，醇和典雅，是一种纯粹的自由状态。

其开篇部分基本是纯正的大楷，到篇末，则间杂少量行草，这一方面显示了整个创作从规矩到自由的时间流程，同时也起到了调节楷书易流于板结平淡的弊端。

清人杨岘在评此帖时说："用笔犹饶风致而神力老健，如挽强者矫矫然，令人见之气增一倍。"

《胆巴碑》书法字体秀美，法度谨严，神采焕发。细观其用笔，可谓意在笔先，笔到法随，起笔收锋，转折顿挫，皆具筋骨——形于其外，温驯典雅；细究其内，铁画银钩。赵孟頫特别重视用笔，"一画之间，变起伏于峰杪，一点之内，殊衄挫于毫芒"。

其用笔虽无大起大落，但颇具变化，以平和之态予以微妙表现，可谓平中见奇，于规整之中见随意，于舒展之中见严紧。可谓是笔笔雄健，字字闲雅，它充分展示了"赵体"的气魄和风采。

其结体取法李北海，楷书中带有行书体态，字形扁方，撇捺开张，结构均匀，疏密合度，行笔提按幅度不大，平顺流畅，丰润婉通，于规整庄重中见潇洒超逸，自非早年书法所能比，达到了“精奥神化”之境界，给人以赏心悦目的艺术享受。

此外，《胆巴碑》的用墨基本是均匀的浓淡相宜的墨法。

也许是因为刻碑需要，且为正楷书体，所以不宜显现浓淡枯润、肥瘦老嫩之墨色变化。

卷后有清姚元之、杨岘、李鸿裔、潘祖荫、王颂蔚、王懿荣、盛昱、杨守敬题跋，并钤有许乃普、叶恭绰等收藏印记。

——以上摘录于樱桃曲阜孔庙研究院书法课笔记

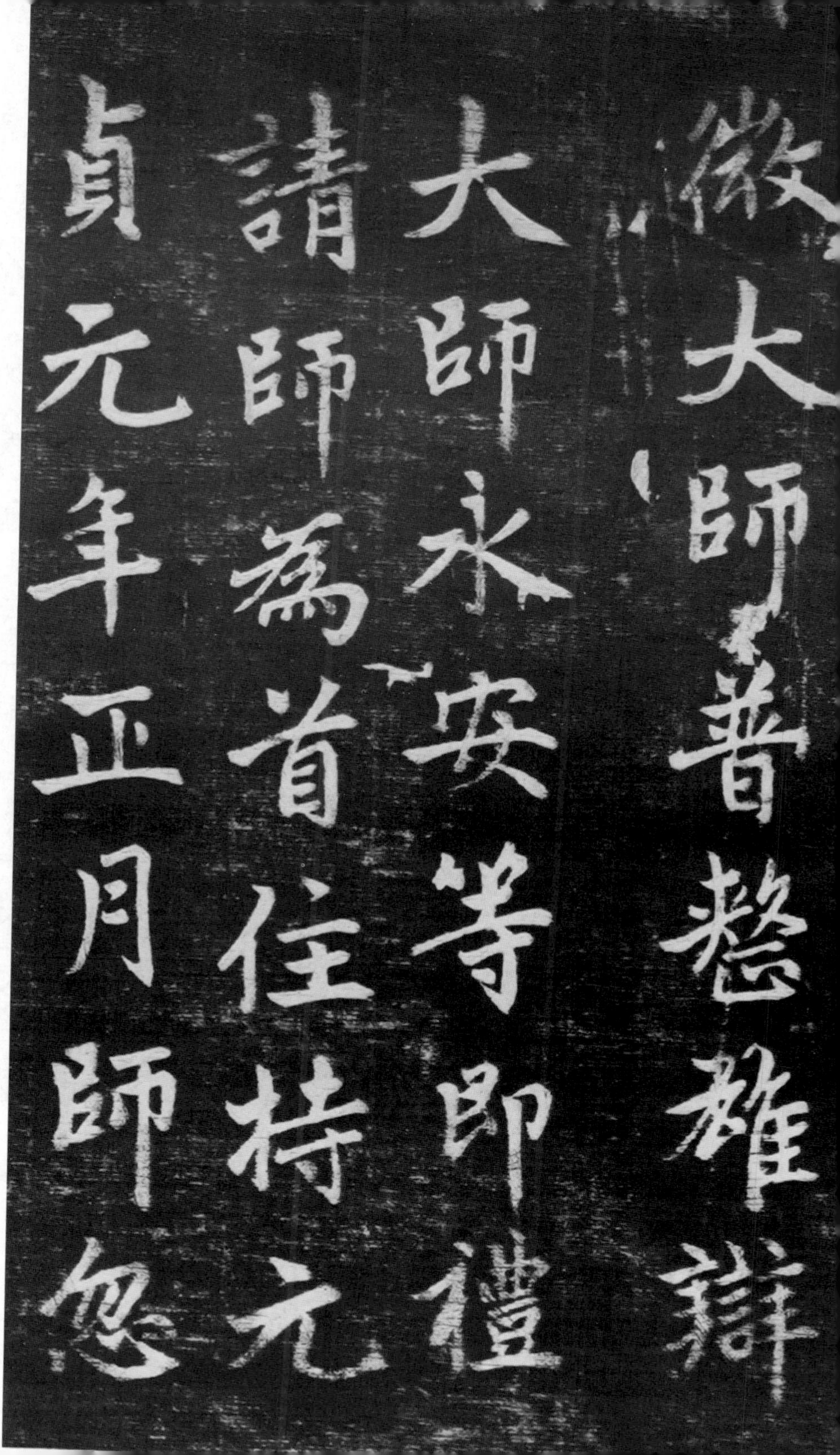

赵孟頫《胆巴碑》局部

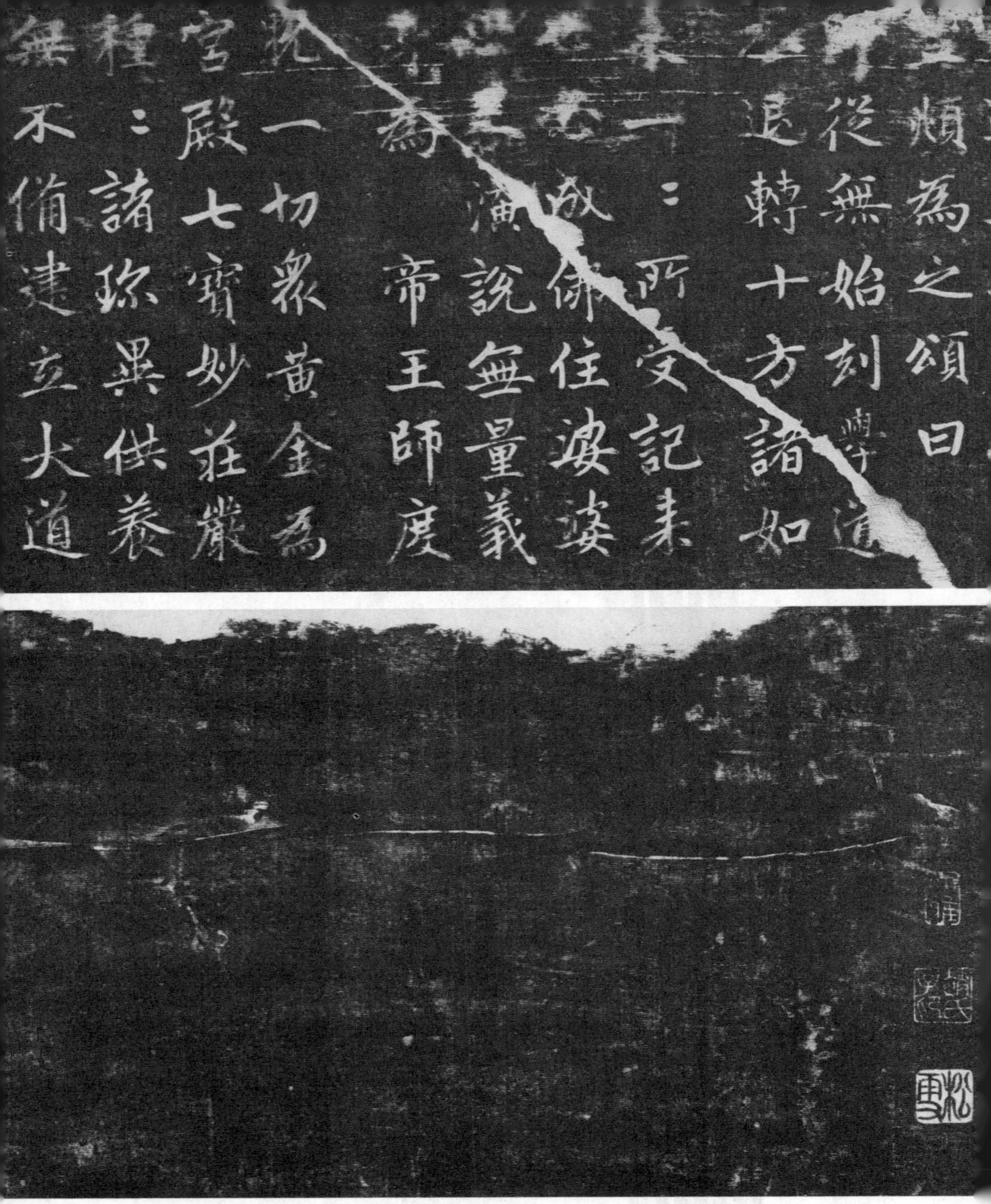
煩為之頌曰
從無始劫學道
退轉十方諸如
一〻所受記來
故佛住娑婆
演說無量義
為帝王師度
梵一切衆黃金為
宮殿七寶妙莊嚴
種〻諸琛異供養
無不備建立大道

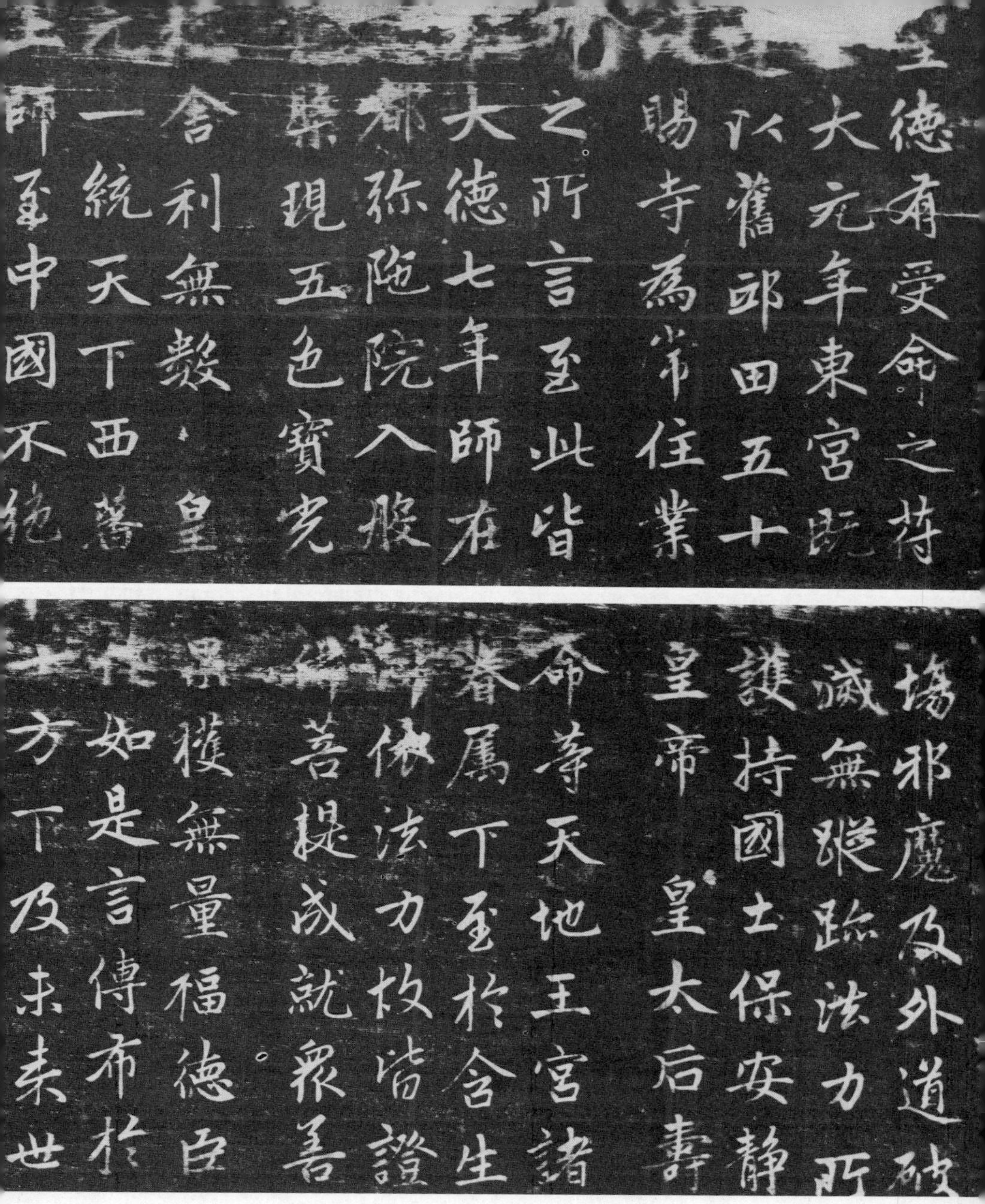
德有受命之符
大元年東宮既
以舊邸田五十
賜寺為常住業
之所言至此皆
大德七年師在
都彌陀院入般
槃現五色寶光
舍利無數。皇
一統天下西番
師至中國不絕
摧邪魔及外道破
滅無蹤跡法力所
護持國土保安靜
皇帝 皇太后壽
命等天地王宮諸
眷屬下至於含生
依法力故皆證
菩提成就眾善
獲無量福德臣
如是言傳布於
方下及未來世

赵孟頫《胆巴碑》局部

覺書奏 徽仁裕
聖皇太后奉今皇
帝為大功德主主
其寺復謂衆僧曰
海等繼今可日講
妙法蓮華經執役
相代無有已時用
名集神靈擁護
聖躬受無量福香
華果餌之費皆度
我私財且預言

与 帝師巴思八
俱至中國 帝師
者乃 聖師之昆
弟子也 帝師告
歸西蕃以教門之
事屬之於師始於
五臺山建立道場
行祕密咒法作諸
佛事祠祭摩訶伽
剌持戒甚嚴晝夜
不懈屢彰神異赫

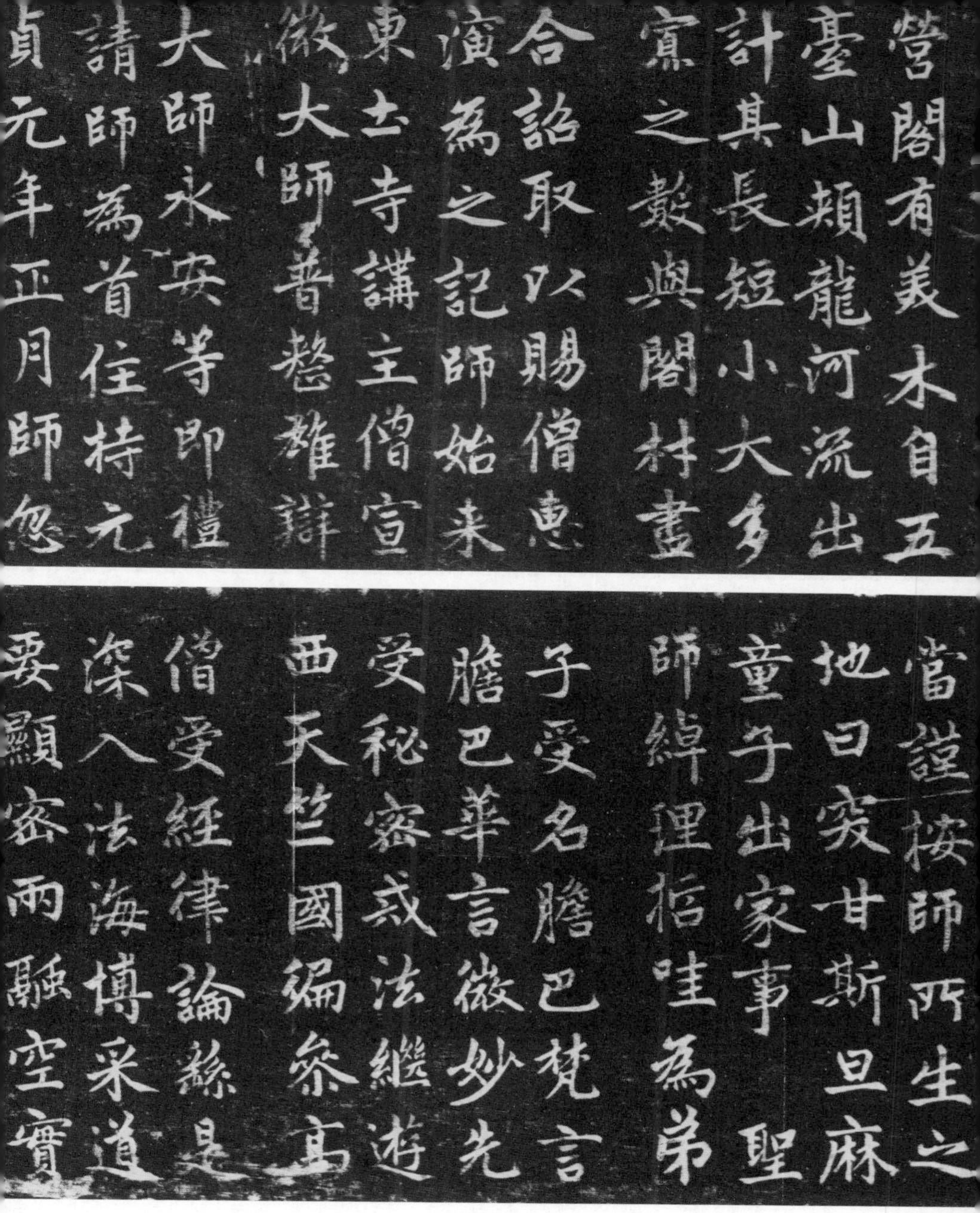
營閣有美木自五
臺山頫龍河流出
計其長短小大多
寡之數與閣村畫
合詔取以賜僧惠
演爲之記師始來
東土寺講主僧宣
微大師普慧雄辯
大師永安等即禮
請師爲首住持元
貞元年正月師忽
當諡按師所生之
地曰突甘斯旦麻
童子出家事聖
師綽理哲哇爲弟
子受名膽巴梵言
膽巴華言微妙先
受秘密戒法繼遊
西天竺國徧參高
僧受經律論繇是
深入法海博采道
要顯密兩融空實

赵孟頫《胆巴碑》局部

人取其銅以鑄錢
宗太祖伐河東像
已毀為之歎息僧
可傳言寺有復興
之讖於是為降詔
復造其像高七十
三尺建大閣三重
以覆之翕翼之以
兩樓壯麗奇偉世
未有也緜是龍興
遂為河朔名寺方

興寺僧迭凡八奏
師本住其寺乞刻
石寺中復　勅曰
孟頫為文并書
臣孟頫預議賜謚
大覺以言乎師之
體普慈以言乎師
之用廣照以言慧
光之所照臨無上
以言為帝者師既
奏有旨於義甚

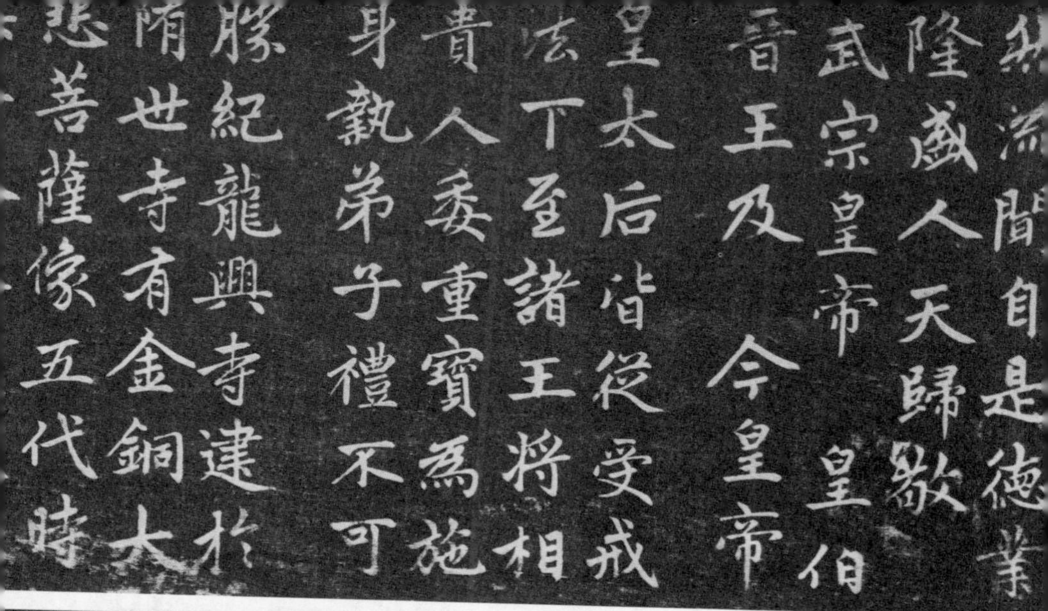
流暨自是德業
隆盛人天歸敬
武宗皇帝皇伯
晉王及今皇帝
皇太后皆從受戒
法下至諸王將相
貴人委重寶為施
身執弟子禮不可
勝紀龍興寺建於
隋世寺有金銅大
悲菩薩像五代時
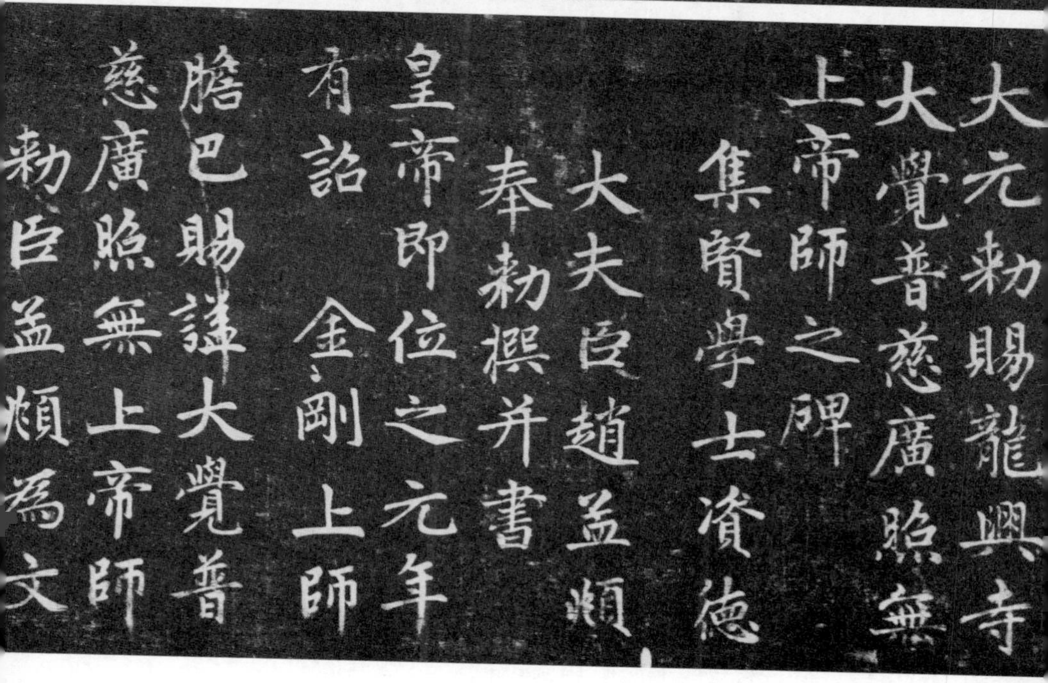
大元敕賜龍興寺
大覺普慈廣照無
上帝師之碑
集賢學士資德
大夫臣趙孟頫
奉敕撰并書
皇帝即位之元年
有詔金剛上師
膽巴賜謚大覺普
慈廣照無上帝師
敕臣孟頫為文

赵孟頫《胆巴碑》局部

董其昌《临枯树赋》

董其昌（1555—1636），字玄宰，号思白、香光居士。汉族，松江华亭（今上海闵行区马桥）人，明代书画家。曾居松江。万历十七年进士，授翰林院编修，官至南京礼部尚书，卒后谥文敏。擅画山水，师法董源、巨然、黄公望、倪瓒，笔致清秀中和，恬静疏旷；用墨明洁隽朗，温敦淡荡；青绿设色古朴典雅。以佛家禅宗喻画，倡“南北宗”论，为“华亭画派”杰出代表。其画及画论对明末清初画坛影响甚大。书法出入晋唐，自成一格，能诗文。存世作品有《岩居图》《秋兴八景图》《昼锦堂图》等。著有《画禅室随笔》《容台文集》等，刻有《戏鸿堂帖》。他的书法兼有“颜骨赵姿”之美。

董其昌的书论主要保存在《画禅室随笔》一书中，他在实践和研究中得出的心得和主张，也散见于其大量的题跋中。董其昌有句名言：“晋人书取韵，唐人书取法，宋人书取意。”这是历史上书法理论家第一次用韵、法、意三个概念划定晋、唐、宋三代书法的审美取向。这些看法对人们理解和学习古典书法，起了很好的阐释和引导作用。

《枯树赋》是南北朝时期文学家庾信羁留北方时抒写对故乡的思念并感伤自己身世的作品，全篇荡气回肠，亡国之痛、乡关之思、羁旅之恨和人事维艰、人生多难的情怀尽在其中，劲健苍凉，忧深愤激。褚遂良鲁为燕国公于志宁书写此赋全篇，董其昌又临写之。

文章从殷仲文“见庭槐而叹”写起，先侧面写树的茂盛高大“声含嶰谷，曲抱云门”，再正面写其形象“熊彪顾盼，鱼龙起伏”；由盛而衰，便写到“鸟剥虫穿”、“膏流断节”、“百围冰碎”、“千寻瓦裂”。最后归到“羁旅无归”的感伤：“木叶落，长年悲”，“树犹如此，人何以堪！”作者以枯树自比，寄乡关之思于枯树之景，悲切之情尽在其中。

《枯树赋》原文

殷仲文风流儒雅，海内知名。世异时移，出为东阳太守。常忽忽不乐，顾庭槐而叹曰：“此树婆娑，生意尽矣！”。

至如白鹿贞松，青牛文梓。根柢盘魄，山崖表里。桂何事而销亡，桐何为而半死？昔之三河徙植，九畹移根。开花建始之殿，落实睢阳之园。声含嶰谷，曲抱《云门》。将雏集凤，比翼巢鸳。临风亭而唳鹤，对月峡而吟猿。乃有拳曲拥肿，盘坳反覆。熊彪顾盼，鱼龙起伏。节竖山连，文横水蹙。

匠石惊视，公输眩目。雕镌始就，剞劂仍加。平鳞铲甲，落角摧牙。重重碎锦，片片真花。纷披草树，散乱烟霞。

若夫松子、古度、平仲、君迁，森梢百顷，槎枿千年。秦则大夫受职，汉则将军坐焉。莫不苔埋菌压，鸟剥虫穿。或低垂于霜露，或撼顿于风烟。东海有白木之庙，西河有枯桑之社，北陆以杨叶为关，南陵以梅根作冶。小山则丛桂留人，扶风则长松系马。岂独城临细柳之上，塞落桃林之下。

若乃山河阻绝，飘零离别。拔本垂泪，伤根沥血。火入空心，膏流断节。横洞口而敧卧，顿山腰而半折，文斜者百围冰碎，理正者千寻瓦裂。载瘿衔瘤，藏穿抱穴，木魅睒睗，山精妖孽。

况复风云不感，羁旅无归。未能采葛，还成食薇。沉沦穷巷，芜没荆扉，既伤摇落，弥嗟变衰。《淮南子》云："木叶落，长年悲。"斯之谓矣。乃歌曰："建章三月火，黄河万里槎。若非金谷满园树，即是河阳一县花。"桓大司马闻而叹曰："昔年种柳，依依汉南。今看摇落，凄怆江潭。树犹如此，人何以堪！"

《枯树赋》译文

殷仲文英俊多才，温文尔雅，声名传遍天下。当晋朝末年世道时局发生变化的时候，把他外放为东阳太守。他因此而感到很不得志，常常怏怏不乐，曾顾视庭前的槐树而叹息说："这棵树的枝干分散剥落，看来是毫无生机了！"

譬如白鹿塞坚贞的古松，雍州南山神奇的梓树，根深叶茂，气势磅礴，与山崖内外结成一体。但桂树却枯死了，梧桐也凋败了，这又是因为什么呢？原来它们当初是从很远的地方（三河），从很广阔的园田里移植而来的。它们虽然在汉魏帝王的建始殿前开花，在睢阳梁孝王的东苑里结果。它们虽然能随风发出嶰谷乐器般的声响，枝条拂动而形成《云门》似的舞姿；虽然有凤凰携带幼雏聚集于树上，有鸳鸯围绕左右比翼双飞，不过它们临风怀想，难以忘记故乡的鹤鸣；对月叹息，又好像是听到了三峡的猿啼。

也有些弯曲结疤，上下缠扭的树木，树干粗短得如同蹲在地上的熊虎，枝条柔弱得好像出没嬉水的鱼龙。然而这样无用的树木却被用来制作山形的斗拱，藻绘的梁柱，使匠石看了大吃一惊，公输见了迷惑不解。初步雕凿成型后，竟还要用刻刀做进一步加工，或雕上有鳞有甲的祥龙，或刻成有角有牙的瑞兽。一层层灿烂如碎锦，一片片娇艳如真花。色彩纷呈的花草树木，散布成一团团的云霞。

说到松子、古度、平仲、君迁这类树木，茂盛挺拔，动辄有百顷之多，砍倒复生，往往有千年的树龄。有的树在秦朝曾受封过大夫的官职，有的树在汉朝曾与将军的名字连在一起。但不论是哪种树，它们无不受到苔藓和蕈菌的遮压，无不受到鸟雀和害虫的剥啄。在霜露的侵袭下它们不得不低眉垂首，在风烟的围剿中它们又不得不震颤乃至倒仆。东海一带有座神庙前种着白皮松，西河地区有棵枯干的桑树被奉为社神。北方用杨叶作为关塞的名称，南国又用梅根称呼冶铸的场所。淮南小山的辞赋讲过桂枝遭人攀折，刘琨的《扶风歌》也写过在松树下系马。又何止是在细柳设立过城防，在桃林修建过关塞。

至于山水隔绝，流落在异地他方。被移动的大树流着眼泪，受伤的树根鲜血淋漓。枯死的空心老干时常起火，断裂的节疤处树脂横溢。有的树歪歪斜斜地横卧在山洞口，有的树从中间拦腰折断仰倒在半山坡。纹理偏斜的极粗的树像冰块一样破碎了，纹理端正的极高的树也像瓦片一般断裂了。树身上下长满疙瘩肿瘤，树身内外满是乌窝虫穴。丛林中有树怪出没闪烁，山野里有鬼魅游荡作祟。

更何况像我这样机运不佳，生逢国难，出使不归，羁旅异朝的人。身居陋巷，荒草掩门。看到草木的凋谢自然会伤心，看到草木的衰老枯死更要哀叹不已。《淮南子》说："树叶落了，说明一年又要过去了，这是使老年人最感伤心的事。"这些话所说的意思正和我现在的心情是一样的啊。于是我作歌唱道："建章宫的栋梁毁于大火，黄河里的木筏烂在水中。如果不像金谷园中的柏树那样人去园空，也会像河阳县里的桃花那样枯萎不存。"桓大司马听了我的歌恐怕还会大发感慨："当年栽种的柳树，繁茂可爱。现在看到它们枯败凋零，不能不令人凄伤。在短短的时间里树都老得不成样子了，人又怎么能经受得了年龄的催迫！"

前人论咏物诗赋，大多主张要有寄托，咏物而不粘于物：既得物态之真，又有比兴之意，要求对物的描写不即不离，不粘不滞。《枯树赋》处处符合这些写作要求，它对后代，特别是对唐代的咏物诗赋，均有一定影响。如张九龄的《归燕》诗，就是将燕子作为自我形象的写照的。杜甫著名的《古柏行》，也是以树喻人，寄慨遥深，其艺术手法与《枯树赋》一脉相承。

——以上摘录于樱桃曲阜孔庙研究院书法课笔记

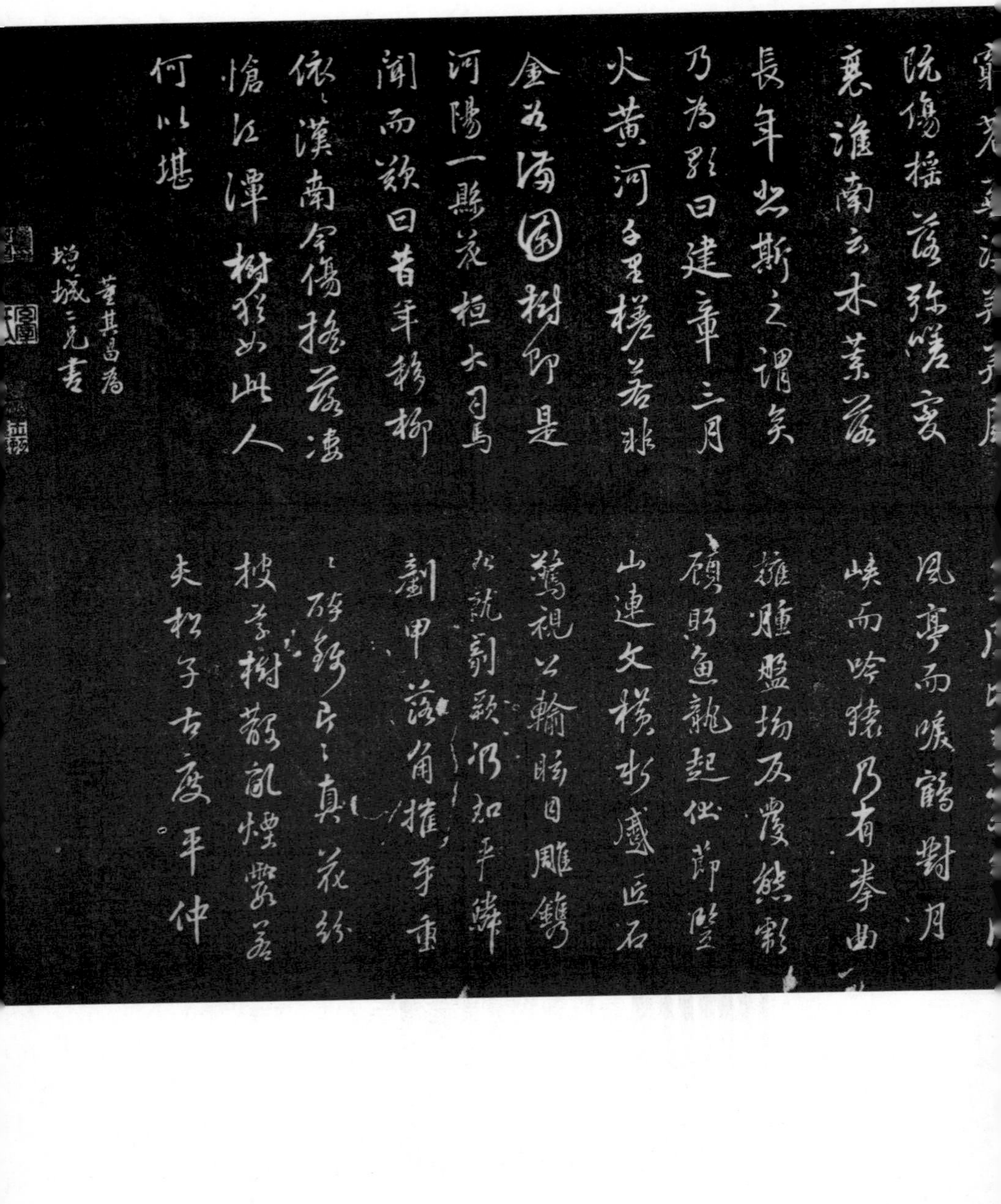
阮傷搖落彌嗟變
衰淮南子云木葉落
長年悲斯之謂矣
乃為歌曰建章三月
火黃河千里槎若非
金谷滿園樹即是
河陽一縣花桓大司馬
聞而歎曰昔年移柳
依依漢南今看搖落淒
愴江潭樹猶如此人
何以堪
董其昌為
增城二兄書
風亭而唳鶴對月
峽而吟猿乃有拳曲
擁腫盤坳反覆熊彪
顧盼魚龍起伏節豎
山連文橫水蹙匠石
驚視公輸眩目雕鐫
始就剞劂仍加平鱗
剷甲落角摧牙重
重碎錦片片真花紛
披草樹散亂煙霞若
夫松子古度平仲

君遷森梢百頃榰

枳子棗秦則大夫受

蠋漢則將軍坐之

蓋不苦埋菌歷鳥剝

蟲穿任垂於霜露撼

摧於風煙者乃山河

阻絕飄零離別拔本

垂淚傷根流迤火入

空心膏流斷節橫

洞口而斜臥埂山腹

折戴癭嚼瘤藏寧

掐宏才魃揚眽山精

姝學洗沒風雲不咸

殷仲文風流儒雅海

內知名代異時移出

為東陽太守嘗忽忽

不樂顧庭槐而歎曰此

樹婆娑生意盡矣至

如白鹿貞松青牛文

梓根柢盤魄山崖表

裏桂何事而銷亡桐

何為而半死者之三

河徙殖九畹移根者

朝花建始之殿落

枯樹賦

亞紅鑑真帖

董其昌《臨枯樹賦》

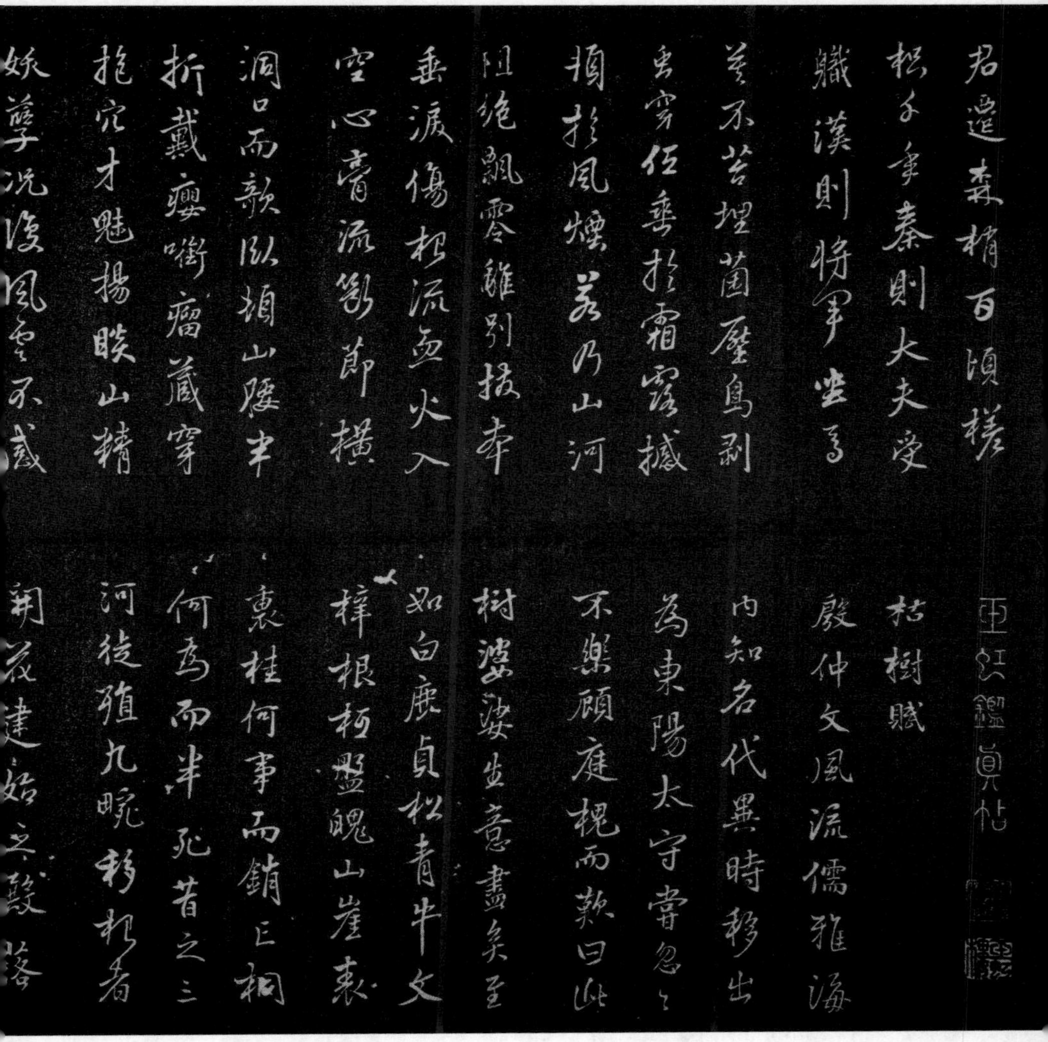

不樂顧庭槐而歎曰此
樹婆娑生意盡矣至
如白鹿貞松青牛文
梓根柢盤魄山崖表
裏桂何事而銷亡桐
何為而半死昔之三
河徙殖九畹移根石
開花建始之殿落

顧眄魚龍起伏節豎
山連文橫水蹙匠石
驚視公輸眩目雕鐫
始就剞劂仍加平鱗
剷甲落角摧牙重
々碎錦片々真花紛
披草樹散亂煙霞若
夫松子古度平仲

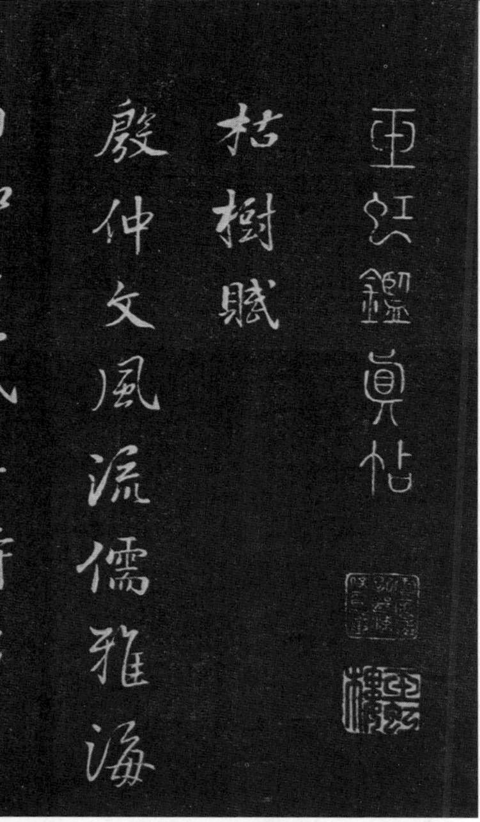

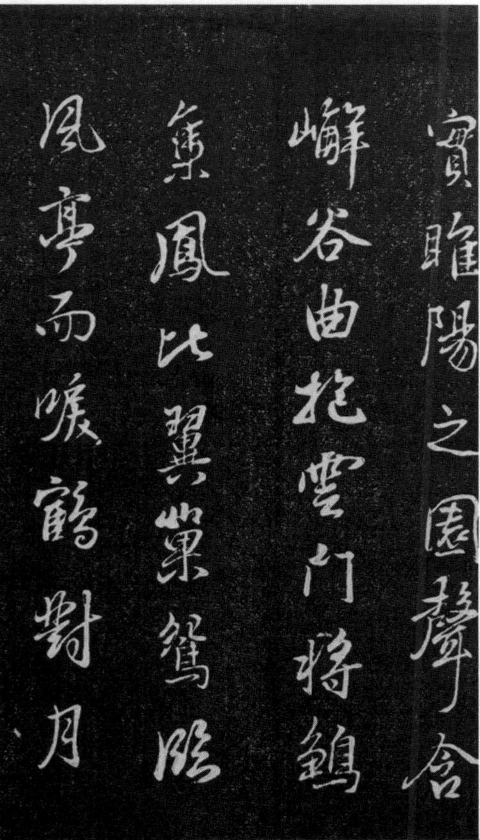

董其昌《临枯树赋》局部

損於風煙若乃山河
阻絶飄零離別拔本
垂淚傷根流血火入
空心膏流斷節橫
洞口而欹臥頓山腰半
折戴癭銜瘤藏穿
抱穴木魅睒揚山精
妖孽況復風雲不感

乃為歌曰建章三月
火黄河千里槎若非
金谷滿園樹即是
河陽一縣花桓大司馬
聞而歎曰昔年移柳
依依漢南今傷搖落淒
愴江潭樹猶如此人
何以堪

君遷森梢百頃樣
梫子丞秦則大夫受
職漢則將軍坐乎

羈旅兮歸來
葛邅傷食薇流滿
窮苍葉没荆荆扉
阮傷搖蒼弥嵫宴

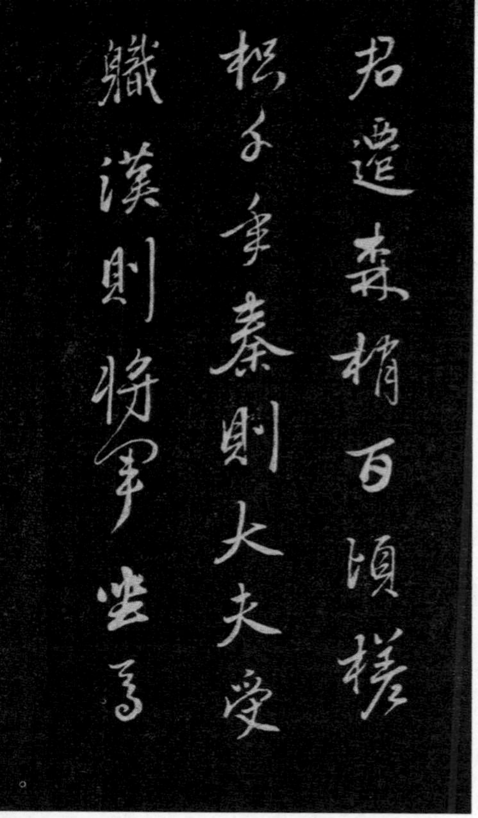

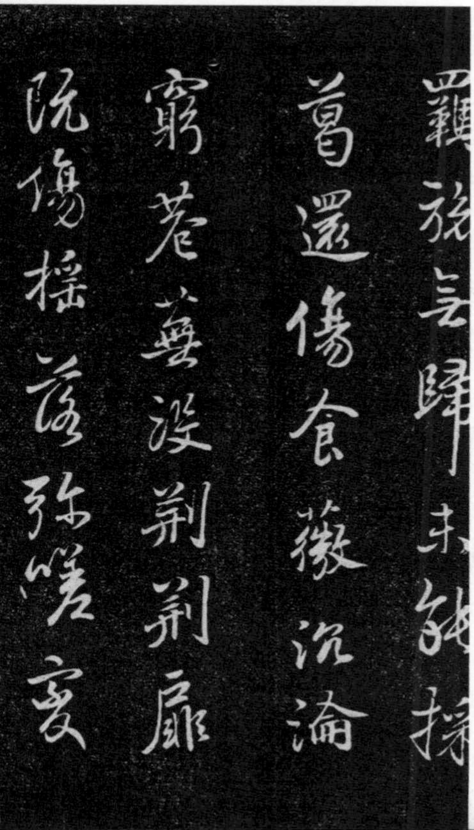

苏轼《寒食诗帖》（刻本）

《寒食帖》又名《黄州寒食诗帖》或《黄州寒食帖》。是苏轼撰诗并书，墨迹素笺本，横34.2厘米，纵18.9厘米，行书十七行，129字，现藏台北故宫博物院，那时苏轼因宋朝最大的文字狱，被贬黄州第三年的寒食节作了二首五言诗："自我来黄州，已过三寒食。年年欲惜春，春去不容惜。今年又苦雨，两月秋萧瑟。卧闻海棠花，泥污燕支雪。暗中偷负去，夜半真有力，何殊病少年，病起须已白。""春江欲入户，雨势来不已。小屋如渔舟，濛濛水云里。空庖煮寒菜，破灶烧湿苇。那知是寒食，但见乌衔纸。君门深九重，坟墓在万里。也拟哭途穷，死灰吹不起。"

历代鉴赏家均对《寒食诗帖》推崇备至，称道这是一篇旷世神品。南宋初年，张浩的侄孙张演在诗稿后另纸题跋中说："老仙（指苏轼）文笔高妙，灿若霄汉、云霞之丽，山谷（指黄庭坚）又发扬蹈厉之，可谓绝代之珍矣"。自此，《黄州寒食二首》诗稿被称之为"帖"。明代大书画家董其昌则在帖后题曰："余生平见东坡先生真迹不下三十余卷，必以此为甲观"。清代将《寒食诗帖》收回内府，并列入《三希堂帖》。乾隆十三年(1748年)四月初八日，乾隆帝亲自题跋于帖后“东坡书豪宕秀逸，为颜、杨后一人。此卷乃谪黄州日所书，后有山谷跋，倾倒至极，所谓无意于佳乃佳……”为彰往事，又特书“雪堂余韵”四字于卷首。

苏轼对黄庭坚书法的评语，认为其结字过於狭长，外观犹如“树梢挂蛇”。不过，东坡也在自己书法中加入此种结字，以增加章法的跌宕变化。黄庭坚以“石压哈蟆”来形容苏轼书写时，经常出现的横扁结字。根据黄庭坚的说法，东坡不善悬腕，故书写时的活动范围较局促，单字的右侧不易开展，如戈笔就容易成为病笔，形成“左秀右枯”的状况。然此现象就如“西施捧心而颦”，虽然是缺点却也是其书作之特色。“衔纸”二字悬针笔法，极其生动，可知苏轼并非不能悬腕。作品用笔的厚重来自颜真卿的影响，“水”字的捺笔动作可见一斑。

此帖是苏轼行书的代表作。这是一首遣兴的诗作，是苏轼被贬黄州第三年的寒食节所发的人生之叹。诗写得苍凉多情，表达了苏轼此时惆怅孤独的心情。此诗的书法也正是在这种心情和境况下，有感而出的。通篇书法起伏跌宕，光彩照人，气势奔放，而无荒率之笔。《寒食诗帖》在书法史上影响很大，被称为“天下第三行书”，也是苏轼书法作品中的上乘。正如黄庭坚在此诗后所跋：“此书兼颜鲁公，杨少师，李西台笔意，试使东坡复为之，未必及此。”

诗写得苍凉惆怅，书法也正是在这种心情和境况下，有感而出的。通篇起伏跌宕，迅疾而稳健，痛快淋漓，一气呵成。苏轼将诗句心境情感的变化，寓于点画线条的变化中，或正锋，或侧锋，转换多变，顺手断联，浑然天成。其结字亦奇，或大或小，或疏或密，有轻有重，有宽有窄，参差错落，恣肆奇崛，变化万千。

因为有诸家的称赏赞誉，世人遂将《寒食帖》与东晋王羲之《兰亭序》、唐代颜真卿《祭侄稿》合称为“天下三大行书”，或单称《寒食帖》为“天下第三行书。”还有人将“天下三大行书”作对比说:《兰亭序》是雅士超人的风格,《祭侄帖》是至哲贤达的风格,《寒食帖》是学士才子的风格。它们先后媲美，各领风骚，可以称得上是中国书法史上行书的三块里程碑。

——以上摘录于樱桃曲阜孔庙研究院书法课笔记

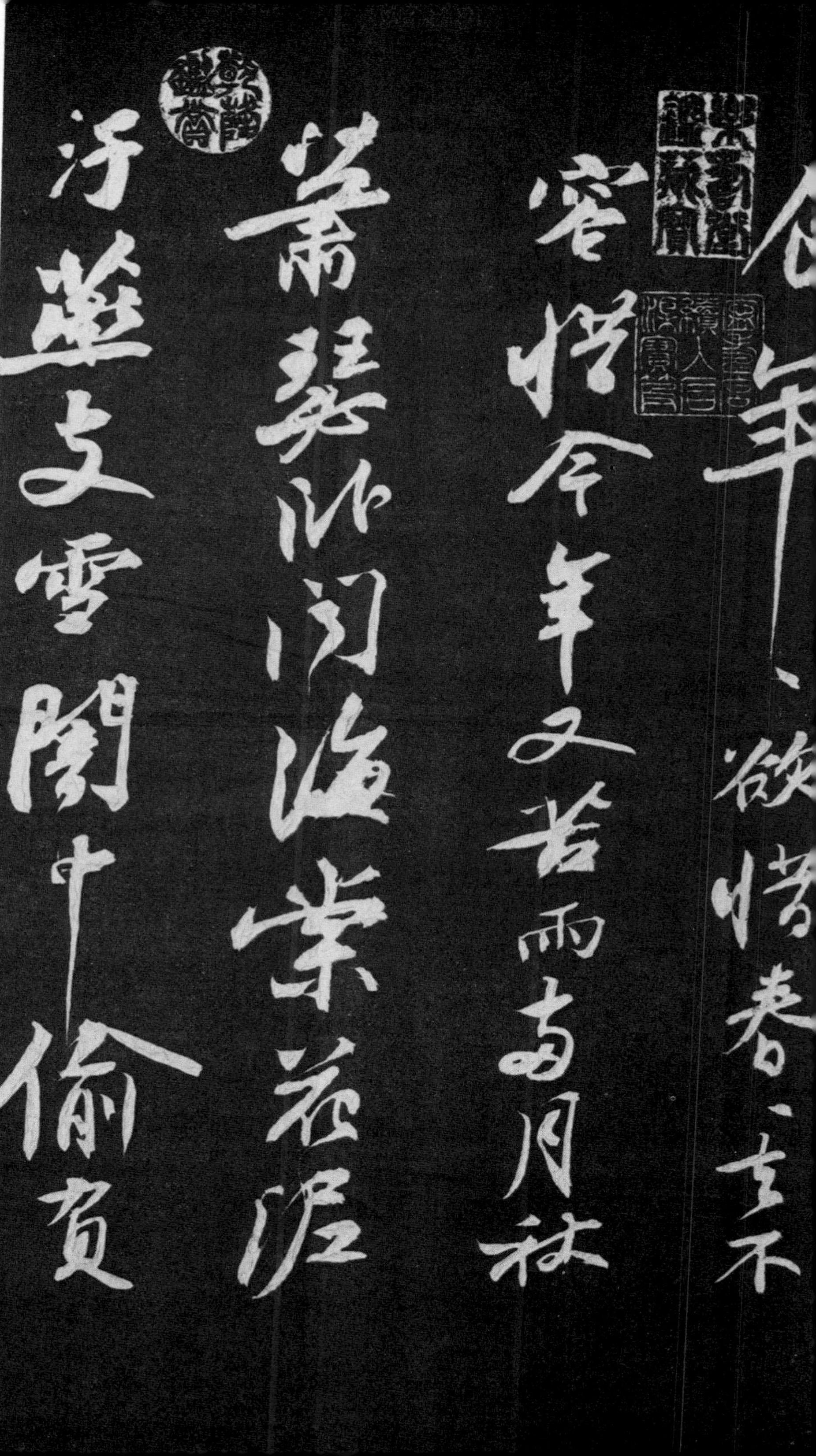
食年年欲惜春春去不
容惜今年又苦雨两月秋
萧瑟卧闻海棠花泥
污燕支雪闇中偷负

苏轼《寒食诗帖》局部

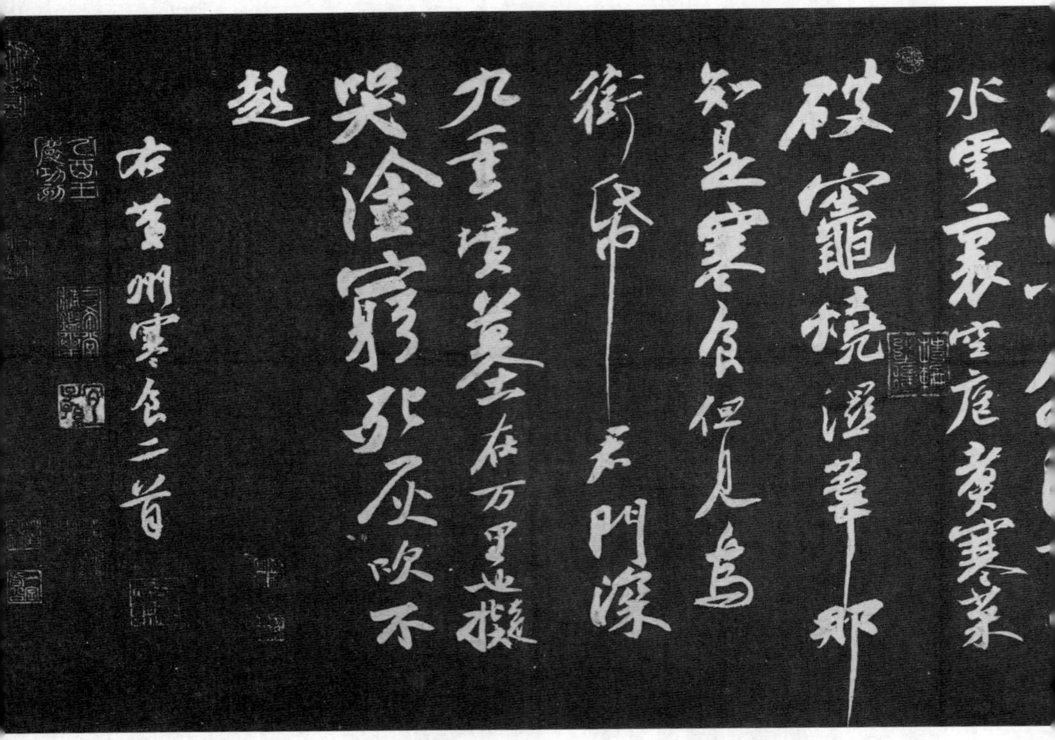
水雲裏空庖煮寒菜
破竈燒濕葦那
知是寒食但見烏
銜紙 君門深
九重墳墓在万里也擬
哭塗窮死灰吹不
起
右黃州寒食二首

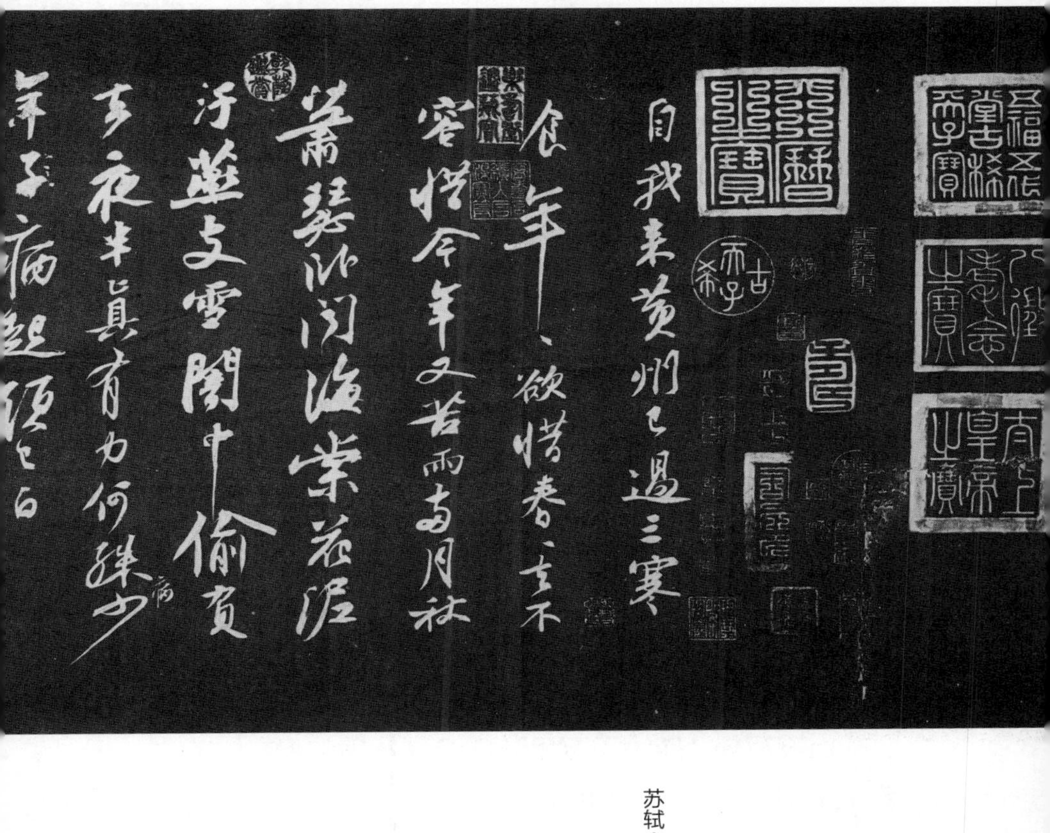

苏轼《寒食诗帖》

苏轼《念奴娇·赤壁怀古》（传）

苏轼（1037 年 1 月 8 日 —1101 年 8 月 24 日），眉州（今四川眉山，北宋时为眉山城）人，字子瞻，又字和仲，号“东坡居士”，世人称其为“苏东坡”。祖籍栾城。北宋著名文学家、书画家、词人、诗人，美食家，唐宋八大家之一，豪放派词人代表。其诗，词，赋，散文，均成就极高，且善书法和绘画，是中国文学艺术史上罕见的全才，也是中国数千年历史上被公认文学艺术造诣最杰出的大家之一。其散文与欧阳修并称欧苏；诗与黄庭坚并称苏黄；词与辛弃疾并称苏辛；书法名列北宋四大书法家“苏、黄、米、蔡”之一；其画则开创了“湖州画派”。

《念奴娇·赤壁怀古》是宋代文学家苏轼的代表作，也是豪放派古词的代表作之一。

上阕写景，描绘了万里长江及其壮美的景象。下阕怀古，追忆了功业非凡的英俊豪杰，抒发了热爱祖国山河、羡慕古代英杰、感慨自己未能建立功业的思想感情。

全词借古抒怀，雄浑苍凉，大气磅礴，笔力遒劲，境界宏阔，将写景、咏史、抒情融为一体，给人以撼魂荡魄的艺术力量，曾被誉为“古今绝唱”。

《念奴娇·赤壁怀古》原文

大江东去，浪淘尽，千古风流人物。故垒西边，人道是：三国周郎赤壁。乱石穿空，惊涛拍岸，卷起千堆雪。江山如画，一时多少豪杰。

遥想公瑾当年，小乔初嫁了，雄姿英发。羽扇纶巾，谈笑间樯橹灰飞烟灭。故国神游，多情应笑我，早生华发。人生如梦，一尊还酹江月。

《念奴娇·赤壁怀古》译文

大江浩浩荡荡向东流去，滔滔巨浪淘尽千古英雄人物。

那旧营垒的西边，人们说那就是三国周瑜鏖战的赤壁。

陡峭的石壁直耸云天，如雷的惊涛拍击着江岸，激起的浪花好似卷起千万堆白雪。

雄壮的江山奇丽如图画，一时间涌现出多少英雄豪杰。

遥想当年的周瑜春风得意，绝代佳人小乔刚嫁给他，他英姿奋发豪气满怀。

（周瑜）手摇羽扇头戴纶巾，谈笑之间，强敌的战船烧得灰飞烟灭。

我今日神游当年的战地，可笑我多情善感，过早地生出满头白发。

人生犹如一场梦，且洒一杯酒祭奠江上的明月。

神游……多情
故国……早生
华发，人生如梦
一樽还酹江月

久不……
醉……
洒落……
出也

东坡醉草

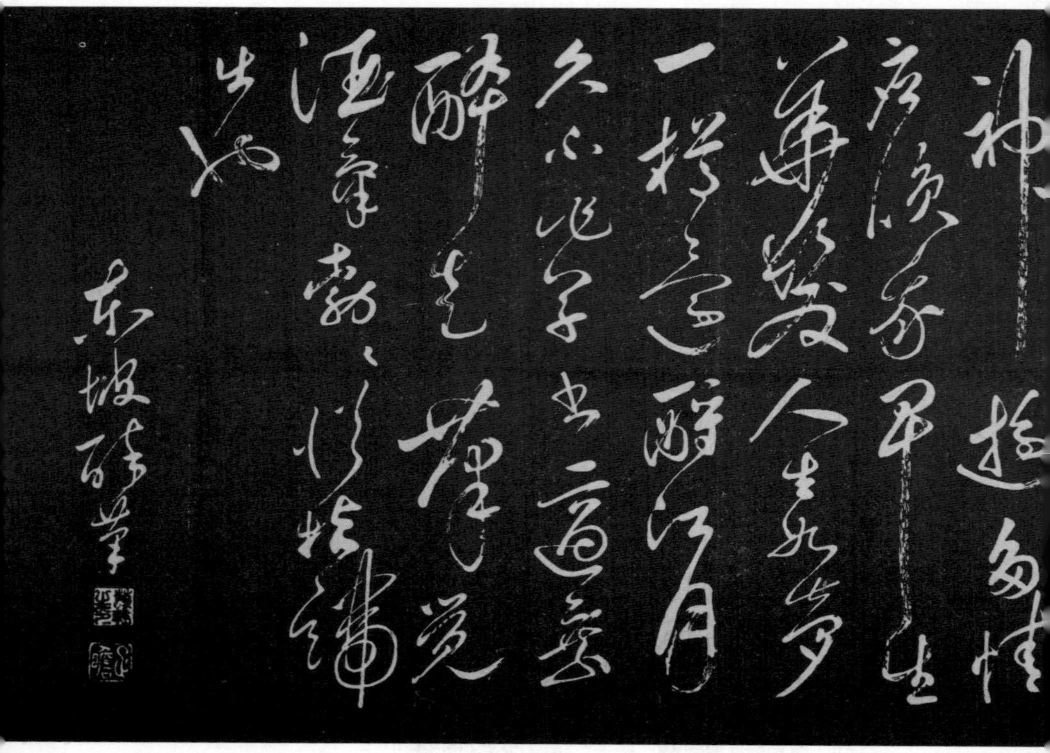

大江东去，浪淘尽，千古风流人物。故垒西边，人道是，三国周郎赤壁。乱石穿空，惊涛拍岸，卷起千堆雪。江山如画，一时多少豪杰。遥想公瑾当年，小乔初嫁了，雄姿英发。羽扇纶巾，

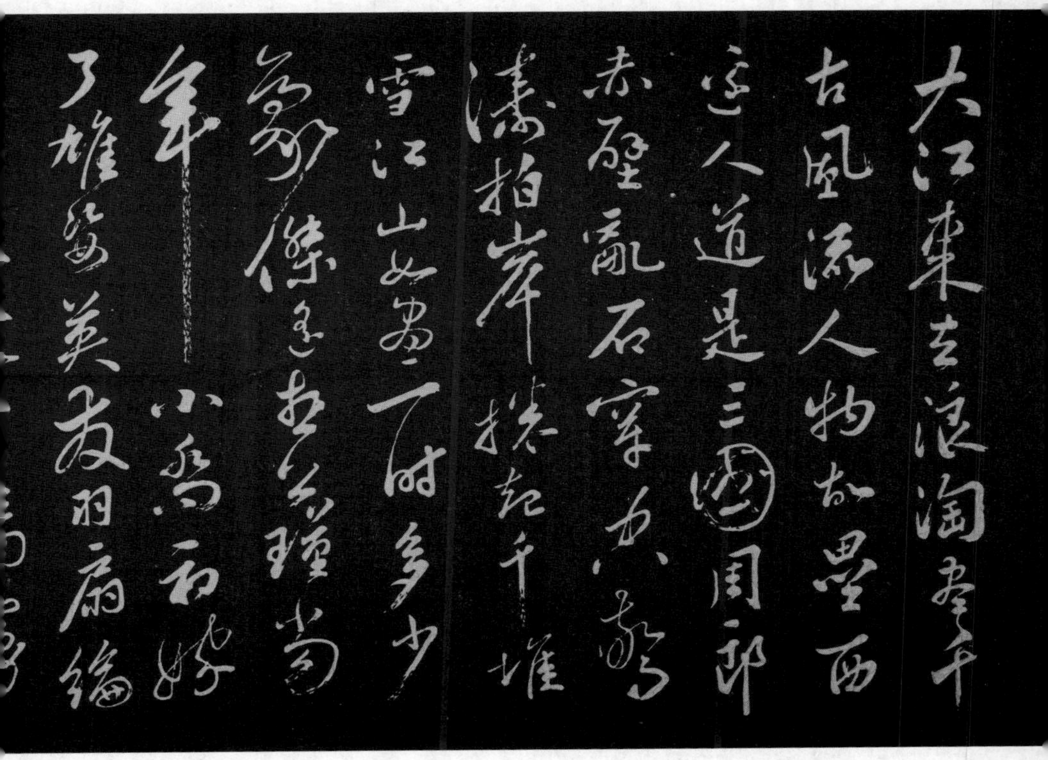

苏轼《念奴娇·赤壁怀古》

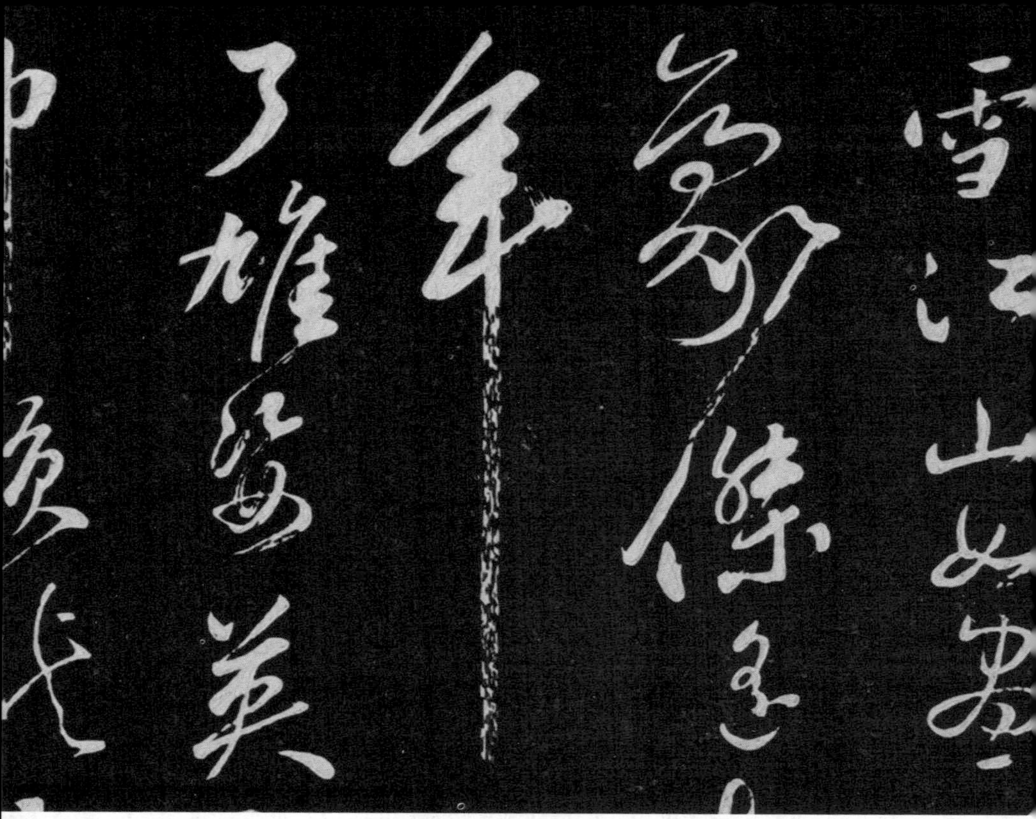
江山如畫
豪傑
年
了雄姿英

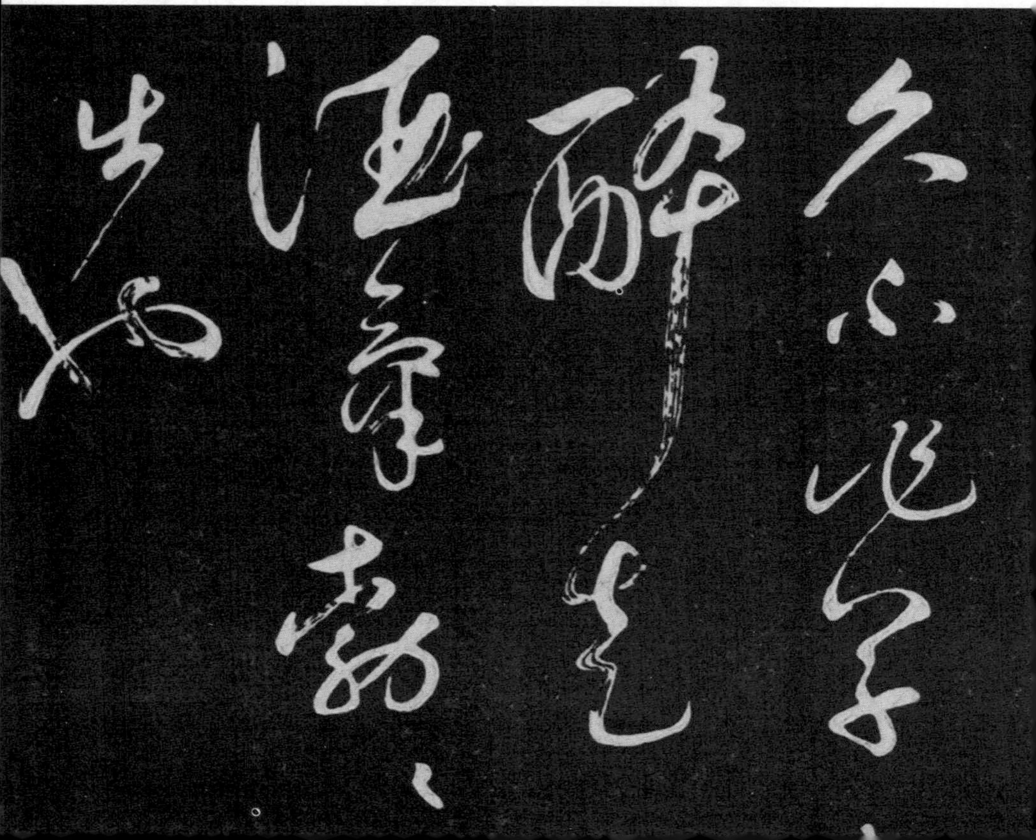
久不作字

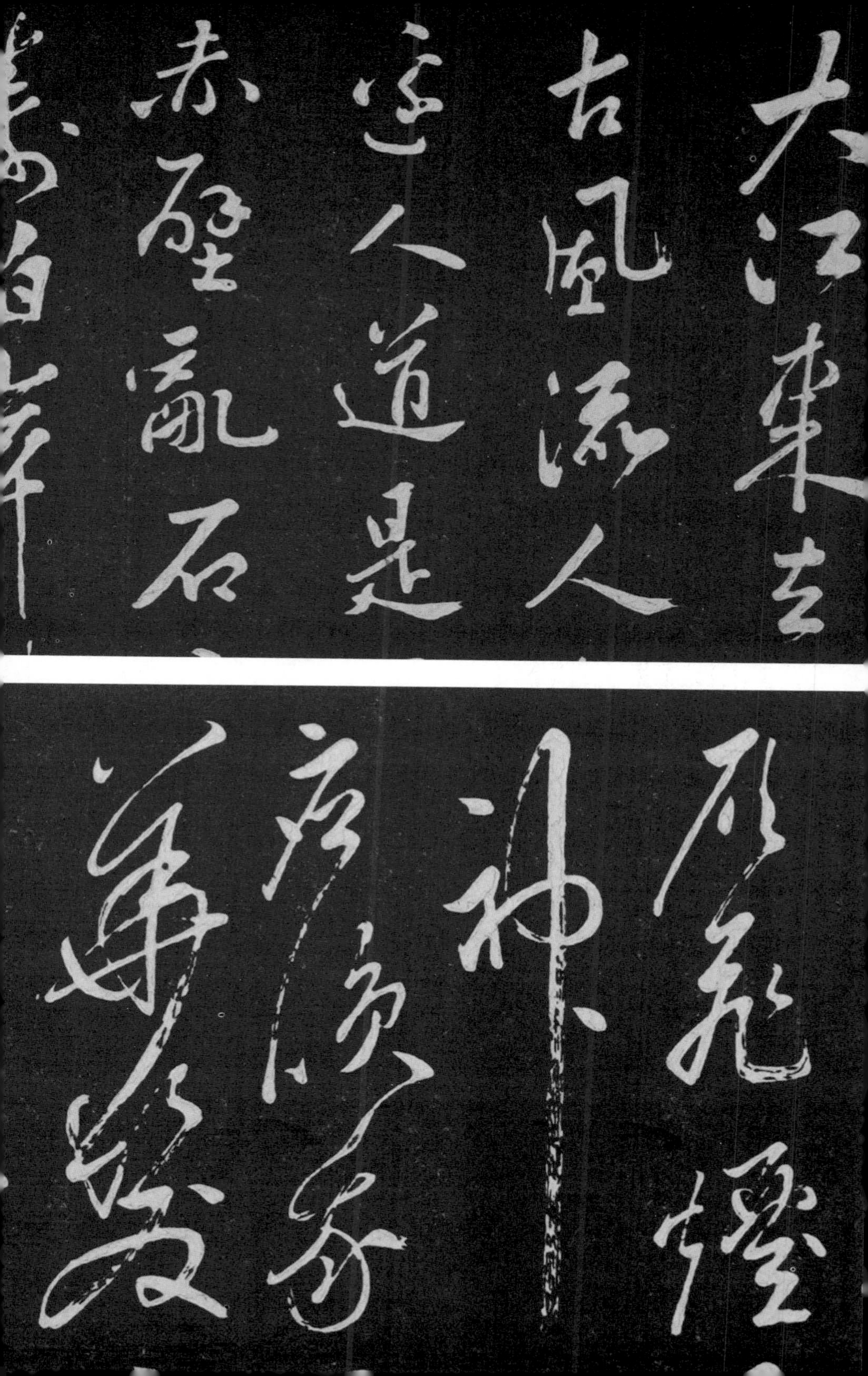
大江東去
古風流人
邊人道是
赤壁亂石
神

一時多少
想公瑾當
小喬初嫁
發羽扇綸
巾檣櫓

出二遇茲
推覺
小情轉

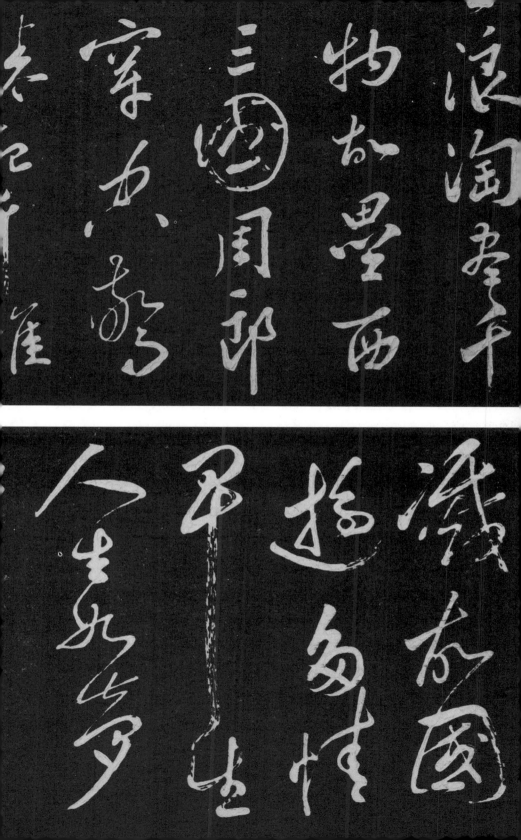

浪淘盡千
物故壘西
三國周郎
穿空驚濤
卷起千堆

遊故國
遊多情
早生
人生如夢

颜真卿《祭侄文稿》（刻本）

颜真卿（709—784，一说709—785），字清臣，唐代中期杰出书法家。生于京兆万年（今陕西西安），祖籍琅琊临沂（今山东临沂费县）。他创立了“颜体”楷书，与赵孟頫、柳公权、欧阳询并称“楷书四大家”。

《祭侄文稿》，全称为《祭侄赠赞善大夫季明文》，是颜真卿于唐乾元元年（758年）创作的行书纸本书法作品，现收藏于台北故宫博物院。

《祭侄文稿》与东晋王羲之的《兰亭集序》、北宋苏轼的行书《寒食诗帖》并称为“天下三大行书”，亦被誉为“天下行书第二”。且此稿是在极度悲愤的情绪下书写，不顾笔墨之工拙，故字随书家情绪起伏，纯是精神和平时功力的自然流露。这在整个书法史上都是不多见的，故《祭侄文稿》是极具史料价值和艺术价值的墨迹原作之一。

《祭侄文稿》是追祭从侄颜季明的草稿。共二十三行，凡二百三十四字。这篇文稿追叙了常山太守颜杲卿父子一门在安禄山叛乱时，挺身而出，坚决抵抗，以致“父陷子死，巢倾卵覆”、取义成仁之事。《祭侄文稿》背后的故事：安禄山起兵作乱，颜真卿和兄长颜杲卿担忧社稷安危，两人起兵抵抗，因孤立无援颜杲卿不幸被俘，一家30余人为国尽忠。颜真卿在为兄长家收拾尸骨的时候，千辛万苦花了两年之久才找到了兄长颜杲卿的部分尸骨，以及侄子颜泉明残缺的腿骨。颜真卿目睹侄子遗骨，他悲痛欲绝，写下了被誉为“天下行书第二”的《祭侄文稿》。

天下第二行书的最大亮点，那便是用情至深了，一个“情”字让所有的技法都变得不再晦涩难解，作为草稿的《祭侄文稿》全文共23行，235字中，算上涂抹的34个字，总共就有269字，只用了七次蘸墨，到了一笔墨写下了53字，留下了干枯压痕出现难以控制的伤痛轨迹。从“维乾”到“诸军事”蘸第一笔墨，墨色由浓变淡，笔画由粗变细；从“蒲州”到“季明”蘸第二笔墨，墨色也是由重而轻，点画由粗而细，且连笔牵丝渐多，反映了作者激动的情感变化；从“惟尔”开始，因要思考内容、蘸墨，涂改、枯笔增多；从“归”字开始，墨色变得浓润，“父陷子死，巢倾卵覆”八个字墨色浓厚，充分反映出书家失去亲人的切肤之痛；“天下悔”三字以后，随着心情的不可遏制，越往后越挥洒自如，无所惮虑。两个“呜呼哀哉”的狂草写法，足见书家悲愤之情不可言状。最后的三行如飞瀑流泉，急转直下，给人留下了无穷的回味。其情感交织而产生的笔墨效果使作品达到艺术的巅峰状态。这一墨法的艺术效果与颜真卿当时的悲恸恰好达到了高度的和谐统一。

作书之时，颜真卿早已被满心的痛苦所淹没，全然少了平日的淡然谨慎。其中有这样一句话最能体现出颜真卿悲痛的心情：

父（“擒”涂去）陷子死，巢倾卵覆。天不悔祸，谁为荼毒。念尔遘残，百身何赎。呜呼哀哉。

颜真卿在《祭侄文稿》的文末写道：再等待一个好日子，我给你挑选一块好的墓地，如果你的灵魂泉下有知，还请不要埋怨在这里长久做客。

《祭侄文稿》原不是作为书法作品来写的，由于颜真卿心情极度悲愤，情绪已难以平静，错误之处甚多，时有涂抹，但正因为如此，此幅字写得凝重峻涩而又神采飞动，笔势圆润雄奇姿态横生，纯以神写，得自然之妙。通篇波澜起伏，时而沉郁痛楚，声泪俱下；时而低回掩抑，痛彻心肝。其是以真挚情感主运笔墨，坦白真率激情之下，不计工拙，无拘无束，随心所欲进行创作的典范。个性之鲜明，形式之独异，是书法创作述志、述心、表情的典型。作品中所含蕴的情感力度震动着每位观赏者，以至于无暇顾及形式构成的表面效果。这恰是自然美的典型结构。

——以上摘录于樱桃曲阜孔庙研究院书法课笔记

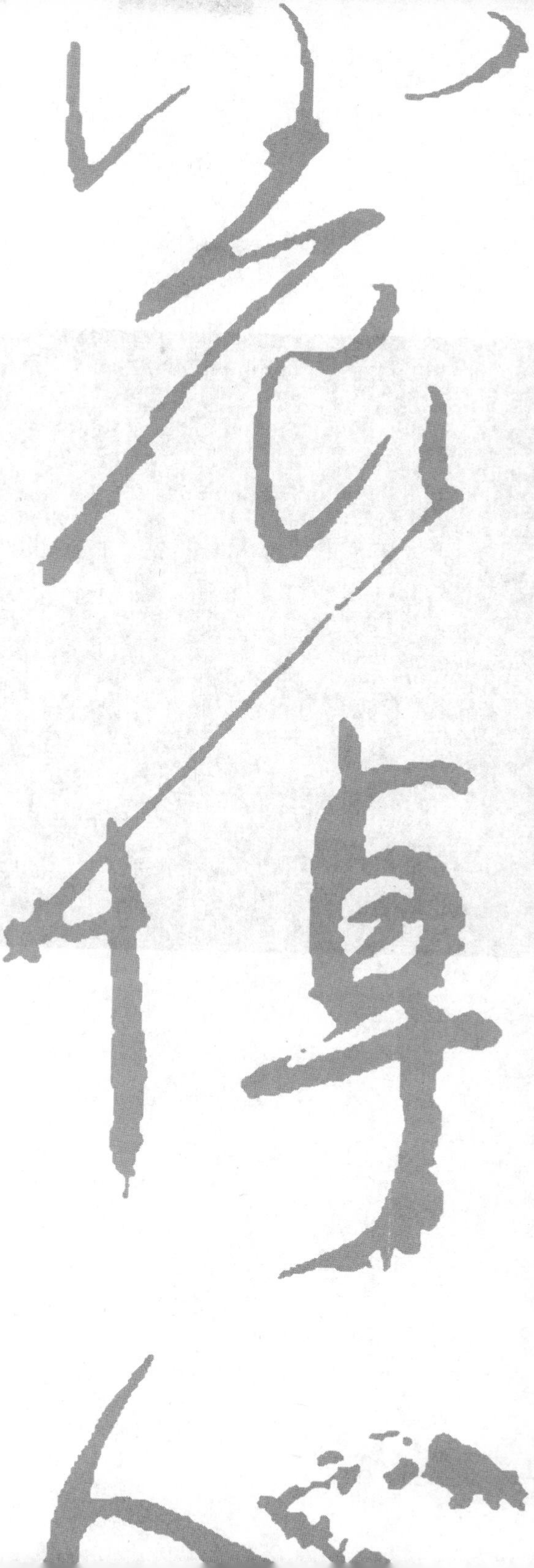

孤城圍逼，父陷子死，巢傾卵覆。天不悔禍，誰為荼毒，念爾遘殘，百身何贖。嗚呼哀哉！

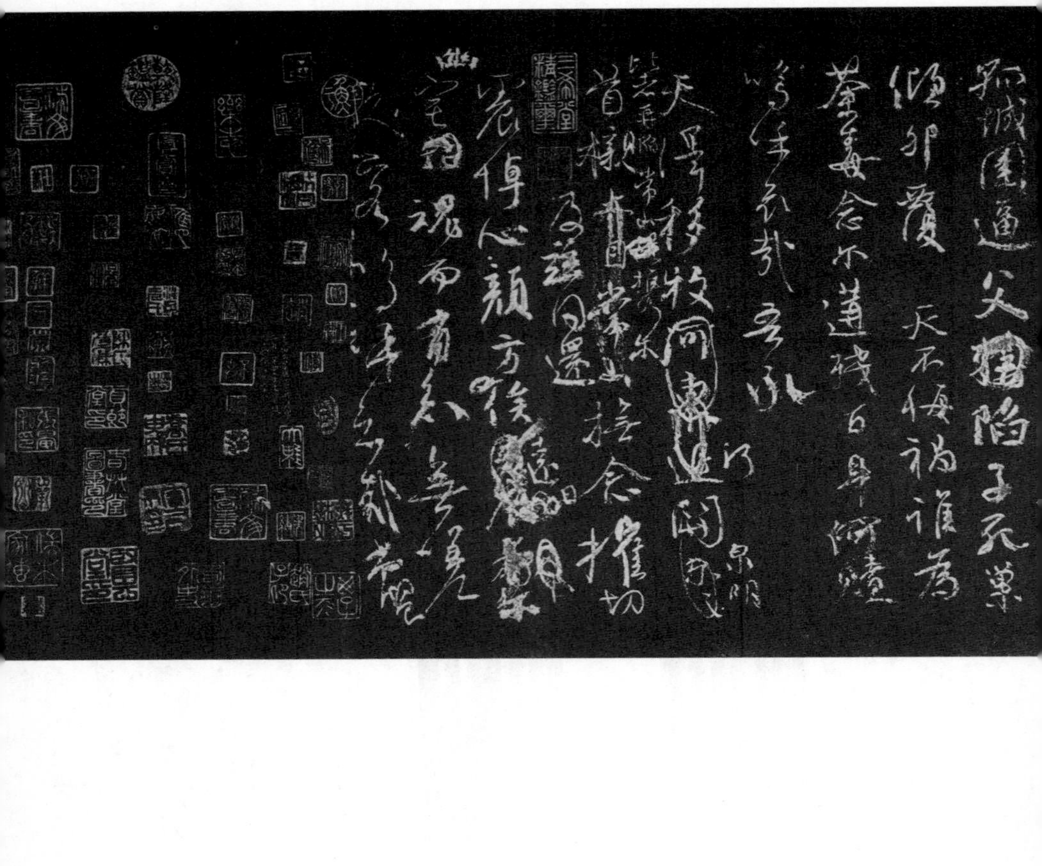

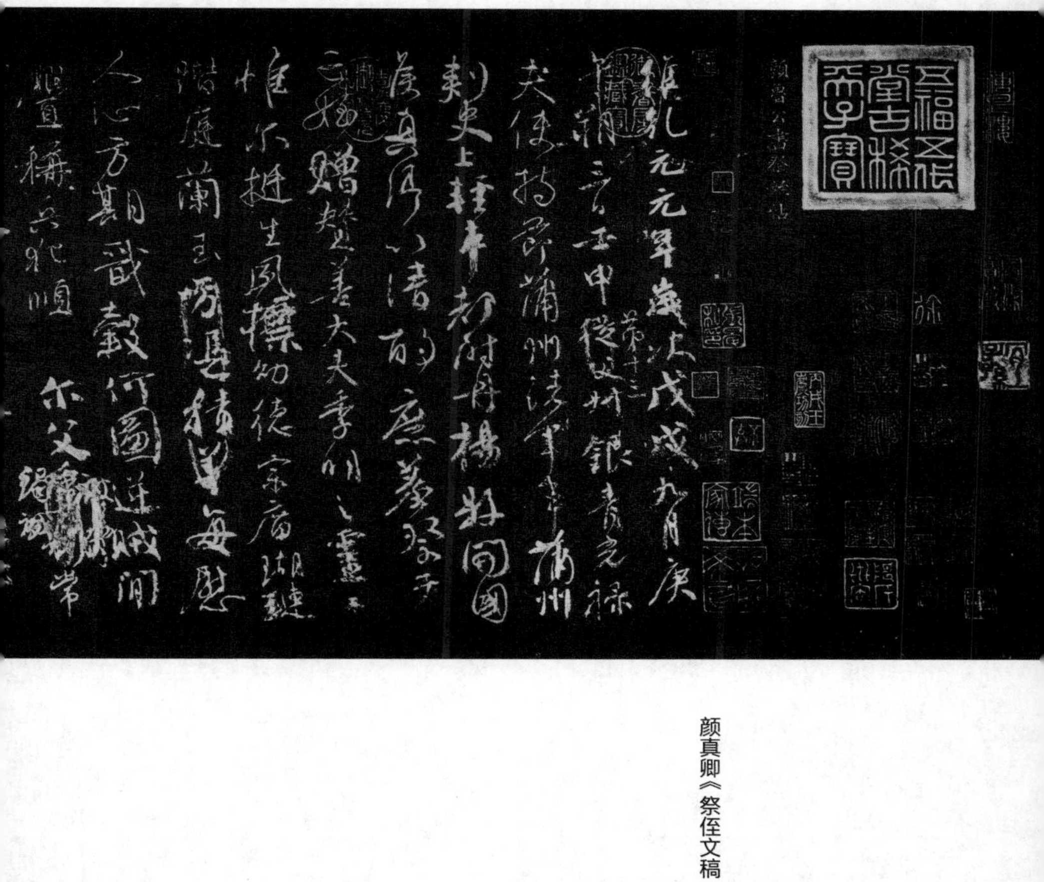

颜真卿《祭侄文稿》

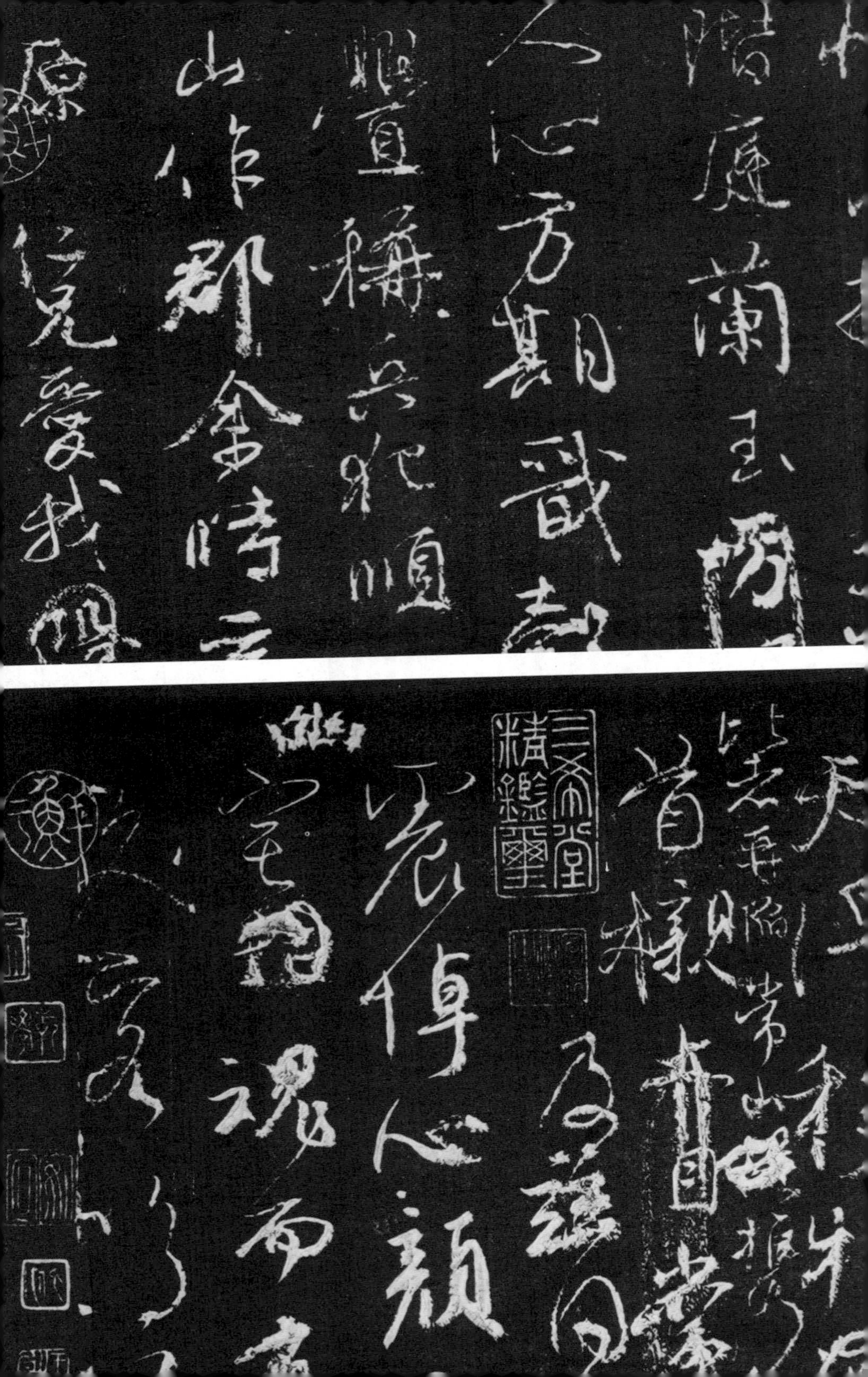
三希堂精鑒璽

乾元元年歲
朔三日壬申
夫使持節蒲
刺史上輕車都
侯真卿以清
贈贊善

土門既開
大蹙賊臣擁
不救孤城圍逼
父陷子
巢傾卵覆天
荼毒念爾遘

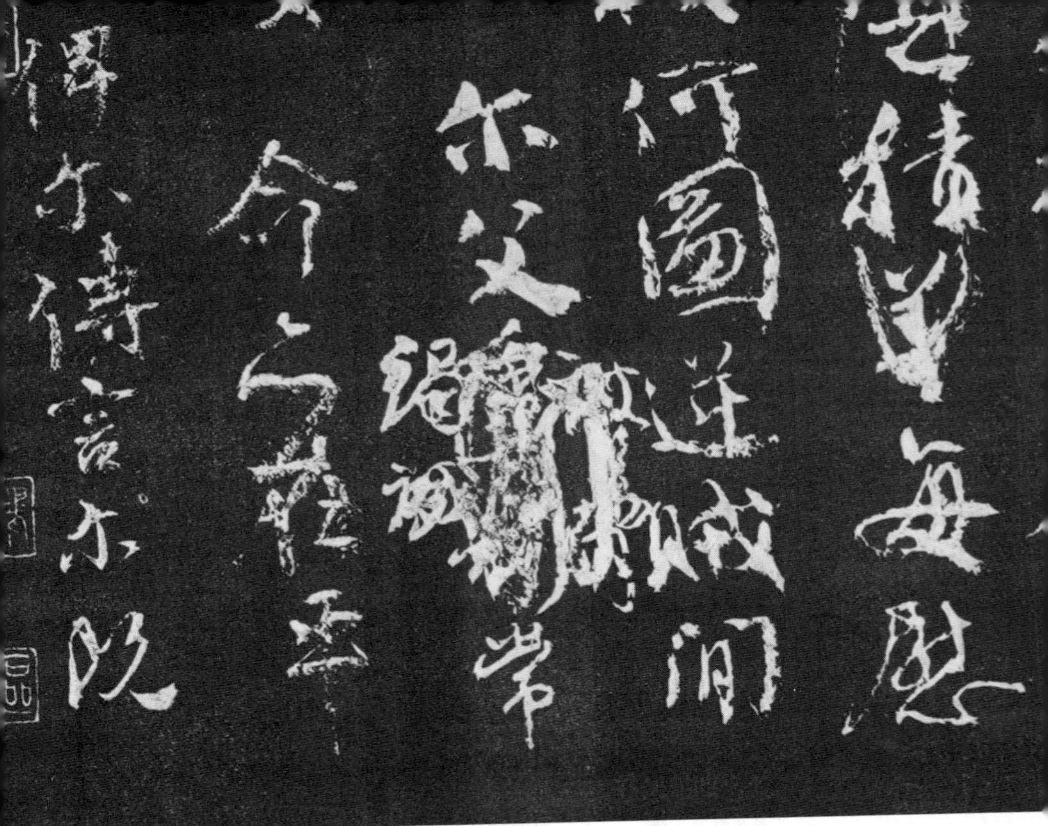

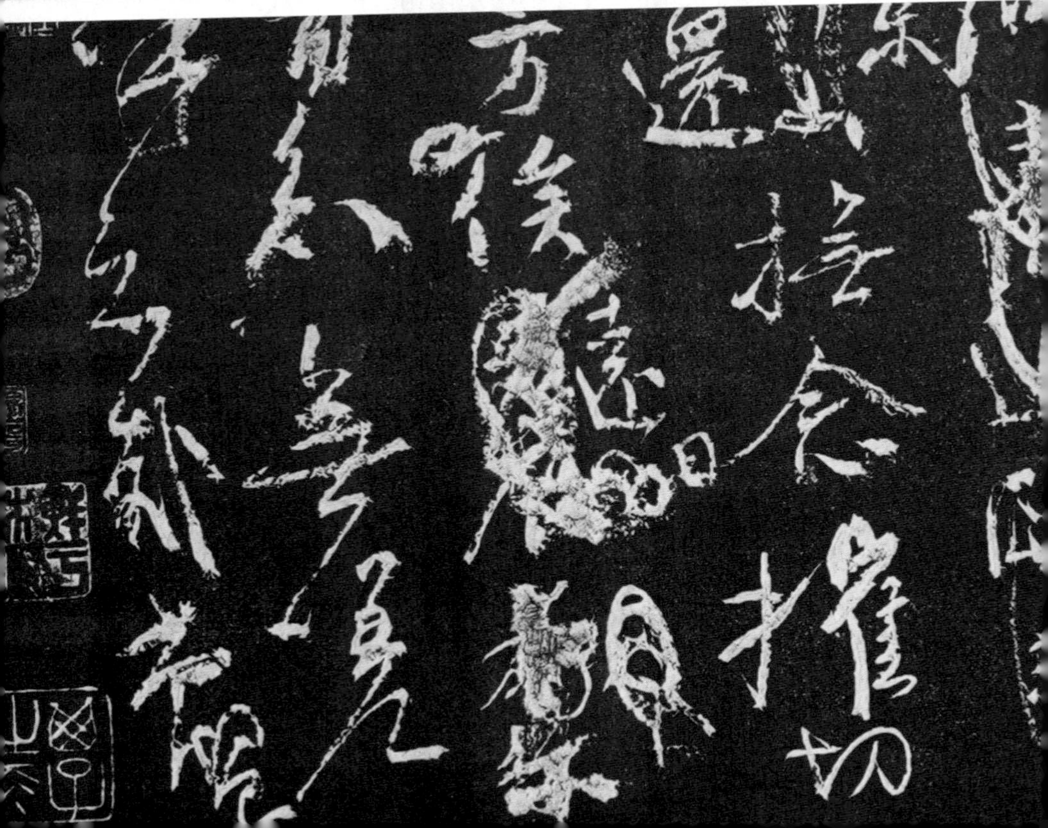

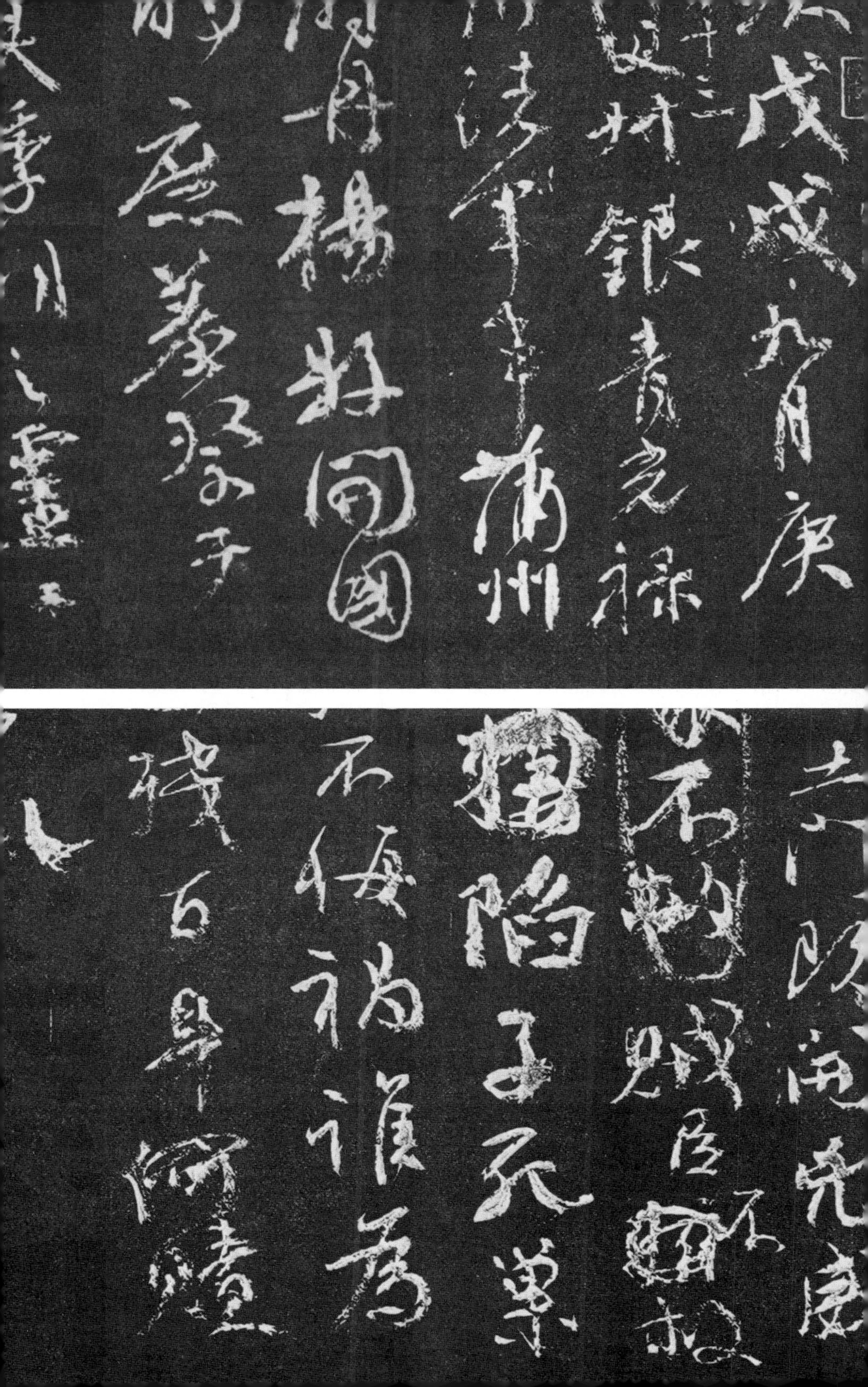

第六篇章

好运

若教解语应倾国
任是无情也动人

——樱桃传习录笔记

爱上诗歌爱上画画

“樱桃好吃树难栽，不下苦功花不开，幸福不会从天降，幸福要靠自己来。”这是我儿时的摇篮曲，在樱花树下仰望天空，冥冥之中也成了我的赤子梦。

小时候我干过一件事，爸爸的书柜有一个抽屉是上锁的，抽屉里面除了爸妈的存折和户口本，还有一本《西方古典绘画百幅精品集》。趁他上班，我偷拿钥匙打开，拿出这本画册翻看，画册的封面就是达·芬奇画的《蒙娜丽莎的微笑》，这本画册我百看不厌，特别是我记住了里面明亮的色彩，从此开启了我的艺术之旅。

幼年，我和奶奶经常去伯伯家度假。伯伯家所在的大院里有好大的图书馆和各种各样的板报。图书馆里精美的图画册和新华书店里的画册，成为我记忆中最深刻的艺术启蒙。父母在大型企业工作，来自五湖四海的人生活、工作在这里。奶奶是山东人，喜欢做包子，每次都会叫我端着大碗送给左邻右舍。那时候我家有包子吃，大院里每家都会飘着包子香味。有天别人家包包子，我没有吃到，问奶奶，奶奶说吃亏是福。“对别人好，不计较回报”

上小学起，我就开始写日记。语文老师总是拿着我写的生字本展示给同学们看，自己写的周记也常常被老师在课堂上当范文念。后来美术课上，樊老师老师拿着我的美术作业——彩虹桥上的蝴蝶飞，展示给班上的同学看。同桌 XM，人帅学习又好，父母是上海人，妈妈在香港工作，在学习上我们是竞争对手。那天他悄悄地在我的文具盒里放了块巧克力，甜美的巧克力成了除学习外我最美好童年回忆。后来，我又喜欢写点小诗。因为，从小到大，我常常得到父母和老师的表扬，有点小骄傲。从那时起，父母和老师们这些微小的点赞在我心里种下一颗种子——诗歌和画画伴随着我的成长。我的童年是快乐的。

我的小小世界

小时候自娱自乐，养成了写诗画画记录成册的习惯。蹑景追飞，翻看从前稚气的诗歌画册，真是有趣极了。锦瑟流年，这个世界会好吗？鱼为我所欲也，依然相信风骨远胜于媚骨。

因为有了你，
我才如此解脱。
白茫茫天高地厚，
无处能塞满我的欢乐，我的痛苦。
因为有了你，
我才有一股清泉。

潺潺地流过高山大海，
飞翔蓝天，
飘浮在白云之上，
拂过好友的额头，
刮过小丑的耳光。
因为有了你，
我才如此这般自由，
飘飘洒洒我的深情。
因为有了你，
才掠过飓风，
看到低矮的风景。
因为有了你，
盈盈的心不会支离破碎，不再沉重。
一次远足，
一次欢娱，
因为有了你，
它才如一个古老亲切的故事。
像一阵微风怡人般让我温馨涌上心头。

这是16岁写下的诗《因为有了你》——献给我的画笔、我的墨水、我的诗本、我的真情。

在我的小小世界里，时间的磨盘转动很慢，但是却磨得很细。结庐在人境，而无车马喧。这就是我的小小世界，我的世界里面只有画画和诗歌。在这个小小世界里，画我所理解的，写我所思所想，画我所创造的。在这里，我可以忘记时间，忘记利益，慢慢地享受我的亲爱的物理世界。生命中总有些不能承受之重，时光呼啸，珍重在心。现实可以失去一切，我不能失去我的小小世界。

感受诗情画意

从求学到后来工作，白加黑的工作性质让我的作息时间变了。业余时间特别想干的事就是写作和画画，感受诗情画意的同时，我希望能创造健康、干净、给人带来温暖快乐的作品，对这个世界已知得越多，我对这个世界的偏见就越少，归真返璞，感动的是人生不易。对艺术的真善美越发热爱和孜孜以求，始终怀有一颗赤子心。

住在单身宿舍的时候连电视都没有，很长的时间也没有车。人永远不能只花父母的钱，自己一定要有梦想，喜欢那种看着山朝着山走的感觉。山永远在远处，非常清楚自己爱护的是什么，不想攀高就不怕下跌，也不用倾轧排挤，可保天真，顺其自然，岁月峥嵘，坚信正面阳光的东西，日子越过越好。生命的意义不在于长度而在于质量。花时间做自己真心喜欢的事。

万事万物蕴藏着财富，于书画意义，于诗歌意义，知感恩，知尽心，知珍惜，知克制。优秀传统文化蕴含大格局，追求完美，不忘初心，不断地否定和超越小我的艺术创造，这是我唯一的艺术追求。

关于艺术创作的思考

艺术创作没有条条框框，创作需要天分，也需要积累。音乐、诗歌、美术不会以同一张面孔出现，能够打动心灵的作品才是永恒。我一直认为写作写诗是真情流露，练习绘画是修身养性，同时也提升自己的格局与气度。懂得什么是美，欣赏什么是美。

美包含宽厚，包容万物。文字、画画和人一样，很多时候比拼的不是强，是弱，是弱弱的真，是短暂的真，是彪悍的真。好酒永远比白开水少，酒醺之后，会想到女子而不是花朵，会想到月亮而不是路灯，更会想起儿时的梦想。记忆就像一条牵动嘴角上扬的线条，那过往时光中紧贴心扉的人和事，那些或欢乐或叹息的时刻，便会一一浮现。

我爱诗歌也爱画画，爱家人也爱全世界。在樱花树下仰望天空，有一个关于写诗画画的梦。学习和工作之余，勇敢地拿起笔，开始慢慢地倾听内心的声音。我把画画当成写诗，画从诗中来，诗从画中去，碰撞、坍塌、构建、重组，用水墨丹青来减缓现实的压力。此处有真意，欲说已忘言。

什么样的能量才能支撑我走过人生的低谷和迷茫？莱蒙托夫有首诗是这样写的：“一只船孤独地航行在海上，它既不寻求幸福，也不逃避幸福，它只是向前航行，底下是沉静碧蓝的大海，而头顶是金色的太阳。乌云是镶着金边的。”

现实无论多痛多委屈，只谈趣事，只问耕耘不问收获，世界本瞬息万变，又何必介怀呢。

心底的那股纯真的和对道德底线的坚守，就是我的安全感。这些年一路走来，从诗歌到水墨艺术到油画作品，每个人在我的作品中看到自己想要的东西，有各自的不同解读。面对自己内心思想的变化，对世界认知的重新思考，这是一个自我成长的过程，也是一个蜕变的过程。独立思考才能创造独立的艺术。而人生，又何尝不是在独立思考的过程中得到成长。天呐，生命太美好了！

我当下最大的工作和生活心愿，就是像蹒跚学步的小鸭子那样清澈梦想，努力实现，不期速成，但求日进一步，方向对了不怕路远。

第七篇章

无界

开拓疆域方知时间之外

生生不息方得传习之能

——樱桃传习录笔记

物质基础成全心智自由，
没有什么比成为自己更重要的。
不要期待依附谁，
或为了谁努力，
人生就是成为自己。
万物沉默如谜，
和光同尘。
窗外，
你和万物都在成为自己。

——樱桃传习录笔记

这里分享一篇小文，作者现在是北京十一中学初一学生，写这篇作文的时候，刚好是小升初阶段。

附录：

《这也是成长》

俞睿镝

稻田、青烟、天空，发生的一切在我脑海中形成了一个又一个快进的镜头，不停闪烁切换着。在这样一个日子里我又被迫成长了。

事情发生在春日，眼前一片绿油油的水稻田，稻苗在阳光的照耀下，如一张张娇憨的脸蛋向阳而生。正值春光大好之际，稻苗下荡着水波，田埂上的泥土湿湿的，还泛着一股泥土和庄稼特有的味道。这是航空模型外场训练。日照三竿之时，我突然想起今天要学高空特技动作，想着自己的飞机能在天空之上画出完美的弧线。心中兴奋让我不自觉地翘起了嘴角。

我感觉棒极了，眼里含着明亮的阳光。扶了扶自己的帽子，挠挠头，端起了遥控器，上了场。义无反顾地飞起了动作。

如此，我一遍又一遍机械化模仿着先前的飞行路径。表面是风平浪静，实际上只有我自己知道，我的腿在颤、手在抖。飞机飞得越来越快，越来越小像是要冲出天际，我逐渐觉得有点手跟不上脑子了。我的操作感越来越差，感觉要失控，大脑突然间一片空白，麻木，无措，呆若木鸡……

我完全没有注意到，飞机正在快速的脱离原先的轨迹。教练平时的嘱咐和他现场的大叫声仿佛混合在一起在我耳边嗡嗡作响，我的世界变得像慢放一样，大脑被放空了，手僵住了。

"轰"的一声炸响把我从自己的呆愣中拉了回来。我还不太习惯怔怔地抬头，回到清晰的世界里，飞机已经一头扎在了地上。摔碎的断桨弹起了一米多高。顿时我的眼睛黏黏的，就像被什么东西糊起来了一样。我撒开遥控器拼命跑在田埂上，裤脚被水打湿了。这时天空仿佛失去了颜色，世界居然是黑白的。我拼命跑着但又喘不过气。茫然间看见飞机扎在地上冒出了一缕青烟。这时我回头看见的树、人、车、稻苗都像一个被打翻的调色盘混在一起。

事后，我在妈妈的劝导下，思考良久，越来越多地思想斗争冲击着我。遇事要冷静，时刻集中注意力，准备好再上场……

现在回忆起来我还是沉浸在其中，有些走不出来，但从此之后我学会了反思。日后再飞起航模就变得谨慎稳妥了。这次经历对我来说真是被迫成长了。

长大的路上有许多荆棘，越过荆棘是疼痛的，但如果只远远地看着那片荆棘，便永远不知道什么是成长的滋味。

POSTSCRIPT 后记

樱桃好吃树难栽。想想我的诗情画意的历程，真的需要感谢很多人。感谢我敬爱的先知奶奶，感谢我亲爱的父母，特别是使我爱上画画的樊老师，我的初中班主任及高中校长陈老师，还有全国多所大学院校的师友们，他们虽然没有教我巨量的专业知识，但是点燃了我对真善美的热爱。我想兴趣比什么都重要。当然，我的成长岁月中还有很多很多的老师更是让我不尽言谢，我会用我的努力和成绩来回报他们对我的培养。我也愿意向优秀的同道学习，更愿意分享自己的学习心得和体悟，希望能惠及和帮助到更多的同学和朋友们。

反思利于进步，追求百分之百无焦虑，大观宇宙，小观人心。红了樱桃，绿了芭蕉，时光容易把人抛。昨日无数个客观构成今天的主观。写作和画画是件更美好的事。彩云易散琉璃脆。仰不愧于天，俯不怍于人。这也是我最大的底气和福气。

路漫漫其修远兮，吾将上下而求索。真实，真心，真性地，回首往事不懊悔的平和和喜悦，所谓从容，对生命的思索和忠于对艺术的真善美，我的理解就是不忘初心。

骑单车注意安全好吗？骑摩托车小心一点好吗？开车开飞机也请注意安全好吗？别让我们的身体受伤。因为我们都喜欢速度与激情，我们的肾上腺素飙升，那样的快感和刺激让我们过瘾。

生命就像正弦曲线，如果你正在经历困难和痛苦，这些试炼不是每一个生命都会经历，它只会使你的生命更加强大。我们远离毒品，远离酒精，同时加强身体锻炼，慢下来，静下来。

一个快乐的人，也是一个享受创造的人。爱我所爱，动与静，静和退，如何与自然和谐共生，挥洒焦虑，表达快乐，你就是宇宙，你就是一切。一定要去行动，去感受，去经历。爱和喜悦是你自己给到的，对诗歌如此，对写作如此，对画画如此，对生命意义追求亦如此。

毕加索说："每个孩子都是艺术家，问题在于你长大成人之后如何能够继续保持艺术家的灵性。"孩子的世界天马行空，各种奇思妙想令人脑洞大开。

举一反三 生生不息

那些我爱过的文字，经历了初识、学习、误会、决裂、患难、真情6个阶段，从字面意义不再逐一解释。这些年求学传习都是自我革新的过程，最终发现我想表达的是每个中国人日用不觉的价值观，大道至简托举我的是中华民族的文脉底气。

伟大、优秀的艺术，自有其永恒的生命力，自是美得“无尽藏”。歌德说：“优秀的作品无论你怎样探测它，都是探不到底的。”所以说，读书切戒在慌忙，涵泳工夫兴味长。古人谓之“读书有间”，即指能由字里行间，窥见作者立意用心之所在，读书的重点在于“通”：融会贯通，闻一知十，触类旁通，由此及彼。如唐张旭因见公孙大娘舞西河剑器，悟出笔法而书益精工；吴道子因见裴将军舞剑变化无常，联系到画里面，画的技法有了更大进步。读书，特别需要这种举一反三的悟性。

人类文明史发展到今天，我们怎么走下去？你今天要做的是什么？你要自己走更远的路，这条路是必由之路，不然终生都在做别人的努力，说别人的话。

功也不久长，名也不久长。诞生于现代社会的人类欲望越来越多，目的越来越强，爱的力量也越来越脆弱。有聚有散，人生一直是如此无奈，可即使知道这段死亡之旅会有终点，我仍然愿意打破“爱无能”的魔咒，在此刻把知识紧紧拥进怀里，那些我爱过的文字，是我们人类文化的精华，是我们中华文化的基因、活化石和传承的载体，是中华文明的象征。

传承与创新需经历漫长的岁月，越深入越难，越需要摆脱世俗的眼光全心去思考。你的言行举止，最终显露的是胸怀和气度！每个人都是星辰，都可以成为自己的骄傲。请多做些有益社会的事，爱人者人恒爱之。

阿德勒说过:“人生是不断与理想的自己进行比较，而非生活在他人的评价之下。”

人生有趣的事情很多，可以追求的也很多。一定要多读书多读好书，一定要走出去看看世界。当你身处佛罗伦萨步入美迪斯家族收藏馆，会为人类文艺复兴之历史而震撼；当你走进罗马梵蒂冈圣彼得大教堂，去哀悼基督，看到雕像中圣母胸前的衣带上的字，当年教会不公开承认米开朗基罗是作者，当时米开朗基罗连夜潜入教堂，自己亲自在作品上刻上自己的名字。作品的题材取自基督耶稣被抓后并钉死在十字架上，圣母玛利亚抱着基督的身体痛哭的情景。米开朗基罗创作这幅雕塑时年仅24岁，这也是他唯一签名的作品。米开朗基罗曾经说过：圣母玛利亚是纯洁、崇高的化身和神圣事物的象征，所以必能永远保持青春。作者突破了以往苍白衰老的模式，圣母被刻画成为一个容貌端庄美丽的少女，却没有影响到表现她对基督之死的悲痛，她的美是直观的，但她的悲哀却是深沉的。她所体现出的青春、永恒和不朽的美，正是人类对美追求的最高理想。

当你看到挪威的北极光，当你在瑞士卢塞恩看到中箭的石头狮子和廊桥下湖水里游弋的天鹅，当你在卢浮宫看到第97件作品，面对达·芬奇《蒙娜丽莎的微笑》；当你在庐山月照松林的夜晚，听到泉水在石头上流淌声；当你在三亚陵水猴岛被猴子们爬满全身，闭着眼睛笑翻天时；当你凌晨四点爬上泰山玉皇金顶，等待看到从东海蓬勃而出的太阳光芒耀眼的那一刻；当你在敦煌莫高窟北魏第254窟看到释迦牟尼前世王子摩诃萨埵以身饲虎的故事；当你在秋天的九寨沟与一只白色牦牛相遇；当你在印度尼西亚巴厘岛罗威那海滩，坐上七彩渔船，海豚群随着你和海浪起舞；当你在肯尼亚看过角马、斑马、瞪羚大迁徙，那份爱与慈悲温暖人心。

学习、工作、生活、理想、烦恼、享受等组成了我们的人生，告别昨天，活在今天，迎接明天是我们每一天经历的，学会与时间和解，慢慢来，让我们懂得重要的是自己开心向上健康成长，自我迭代升级再创造，学习人类文化的精华，一只脚站在传统中，另一只脚试探性地伸到未知的地方，与优秀同行。

写一手好字，画一手好画，弹一首好曲，如果没有，我们一起学会懂得去欣赏，这些美好会陪伴你孤独寂寞，会给你安抚慰藉，给你无限能量。人类永不枯竭的创造力，书法厚德之美，音乐韵律之美，绘画色彩之美，舞蹈人体之美。降噪、停顿、探寻、向前、向上，艺术无界，人类智慧之美也没有终局。

少年强则中国强。想起当年毕业典礼上，老师和我们一起共唱《友谊地久天长》，最后送给我们10个字，“自由之思想，独立之精神”，听得同学们眼里闪闪发光。

童真少年时代已然轻轻离去，无常迅速，光阴可惜啊！我们多少疲惫的身躯都配得上一颗童心。你的生命是宝贵的，我向你保证。用单纯的眼光看世界，你就会变得快乐和满足。拥有童心的人，珍惜和呵护对美、对爱、对宇宙世界的理解。人性自然流露最真实、最可爱，世界是彩色的，生活是美好的，幸福是触手可及的。

时间之外，祝你好运！

照顾好自己，世界才是你的。愿你历经山河，归来仍如少年。

去行动，
去期待，
去热爱……

含德之厚，比于赤子。

流水不争先，争的是滔滔不绝。

出自老子《道德经》

——樱桃传习录笔记

没有终局

雄鹰遇蓝天翱翔万里，

英雄遇骏马相知相惜；

高山遇流水心有灵犀，

荷花遇盛夏静待发生。

图书在版编目（CIP）数据

文字之美 / 陶樱著. —广州：广东人民出版社，2023.5
ISBN 978-7-218-16588-2

Ⅰ. ①文… Ⅱ. ①陶… Ⅲ. ①随笔—作品集—中国—当代 Ⅳ. ①I267.1

中国国家版本馆CIP数据核字（2023）第082353号

WEN ZI ZHI MEI
文字之美
陶 樱 著

出 版 人：肖风华

责任编辑：周汉飞
责任技编：吴彦斌 周星奎
装帧设计：现当代文化传播有限公司

出版发行：广东人民出版社
地　　址：广东省广州市越秀区大沙头四马路 10 号（邮政编码：510199）
电　　话：（020）85716809（总编室）
传　　真：（020）83289585
网　　址：http://www.gdpph.com
印　　刷：北京建宏印刷有限公司
开　　本：880mm×1230mm 1/16
印　　张：16.75　　字　数：38 千
版　　次：2023 年 6 月第 1 版
印　　次：2023 年 6 月第 1 次印刷
定　　价：88.00 元

如发现印装质量问题，影响阅读，请与出版社（020-85716849）联系调换。
售书热线：（020）85716833